Mi hermano
El presidente

Mi hermano
El presidente

Suspenso

Alexandra Fernández

ISBN-13: 978-9945-09-610-1

Diseño de la portada

Dedicatoria

*A mis amigos, hermanos y
parientes.*

La familia es intocable.

Contenido

Masacre

Despierto tirada en el piso.

La realidad me envuelve poco a poco...

Afuera se escuchan ruidos... me acerco a la ventana. Personas protestan con pancartas en las manos, la mayoría de ellos son estudiantes universitarios. Tratan de derribar el portón de la casona donde vivo. La policía prepara sus armas, están listos para hacerles frente, ¡pero la multitud está desarmada! Exigen la atención de mi hermano.

Me parece increíble todo esto....

Me alejo de la ventana. Ya sé lo que va a pasar.

Mi hermano... es el presidente de la república . Esta vez ordenará disparar.

Hay mucho ruido afuera pero por alguna razón... yo sólo escucho silencio. Y de repente, disparos. Muchos disparos que extrañamente, emiten un sonido hueco, como si estuviese yo sumergida en un tanque.

Y en apenas segundos, vuelvo a escuchar nada.

Me acerco nuevamente a la ventana.

Los cuerpos de unas 20 personas tirados en la calle húmeda y solitaria, bajo un cielo nublado.

No siento...

No pienso.

~¤~

Parece que fue ayer cuando mi hermano, siendo apenas niños, anunció su decisión durante nuestro humilde desayuno en la pequeña casa de madera en la que vivíamos en el barrio.

- Ya lo decidí- dijo-. Cuando sea mayor, ¡voy a ser presidente!

Mi madre se echó a reír; en aquellos momentos parecía algo imposible. No sólo por su edad, si no, por su manía de decir que iba a ser algo diferente cada vez que le daba la gana.

A sus 14 años, quería ser de todo. Ella no le hizo mucho caso. En cambio, yo sí... esta decisión de mi hermano me sorprendió sobremanera. Yo apenas tenía 10 años y no recuerdo que él jamás volviera, después de aquel día, a sugerir otra carrera.

- ¡Ah, eso sí! Todo el mundo tiene que estudiar, y el padre que no mande a su hijo a la escuela va preso- decretó-. Y todo el que esté en contra del gobierno lo mando a matar.

Yo le creí. Lo conocía bien.

Mi hermano, el presidente

Ahora entenderán por qué me siento tan extraña...

Sus sueños se hicieron realidad.

No están con nosotros ni mi madre, ni mi hermanita, la más pequeña.

Estoy sola, completamente.

- Estabas aquí, Inés...

Él, el excelentísimo señor presidente... mi única familia.

- Creí que dormías- expresa en un tono afable.

- Aún si estuviese dormida, los disparos me habrían despertado- contesto con frialdad.

- Precisamente, he venido por los disparos. A veces me convenzo de que este ya no es lugar para ti.

- Es mi país. Es hogar.

- Sí, pero se ha tornado muy violento.

- Tú eres el presidente. Arréglalo.

Y hubo entre los dos un incómodo silencio.

Déjame solo. Tengo asuntos que atender- me pide.

Salgo del despacho cerrando la puerta.

~¤~

Subo las escaleras hasta mi habitación.

Mi cuarto, ocupa casi todo el tercer piso. La pequeña casa de una muñeca. Mi hermano la había creado para mí.

No apoyo el régimen, pero amo a mi hermano.

Siempre voy de su brazo. Pienso en mí misma como su mano izquierda.

La casona está bien protegida y aquel día, además, la rodean decenas de militares. Por eso me sorprende tanto observar, desde mi cuarto, a dos jóvenes acercarse hacia las rejas. Nadie nunca ha llegado a ella y, estoy segura de que tampoco lo harán ellos. Visten de jeans y camiseta, utilizan un pañuelo como cubrebocas. No cabe dudas, son revolucionarios. No distingo sus rostros... Uno tiene el pelo largo hasta las orejas, el otro lo lleva corto, muy varonil; pelo oscuro. Ambos.

Mi hermano, el presidente

No parecen amenaza y sin embargo, uno de los guardias se prepara a disparar.

-Dios mío! ... ¡los van a matar! – estoy segura de ello.

Y, de pronto, mi amargura se convierte en desesperación. Es la primera vez que siento el impulso de hacer algo. La necesidad de detenerlos.

2

Primera traición

Bajo corriendo, no estoy segura de que estoy haciendo o qué voy a hacer.

Para cuando llego al portón, los jóvenes se han detenido. Sólo miran los cadáveres, pero igual el guardia les apunta.

- No dispare... - le pido sumisa-. Esos jóvenes fueron mis compañeros en la universidad-. Miento.

Otro guardia me escucha y corre hacia el interior de la casona. Lo sigo.

- ¿Sus compañeros? - escucho la voz de mi hermano desde el pasillo-. No los maten en nuestro frente... Inés es muy nerviosa y ya está muy alterada. Síganlos y mátenlos por ahí- ordena-. Son revolucionarios, y es una afrenta venir a la casa del presidente de esa manera, en horas de toque de queda. Si los dejamos vivos, pueden ser ellos quienes halen el gatillo contra nosotros en otro momento.

Apenas lo escucho me dirijo hacia donde se encuentra mi chofer.

-¡Rápido, Luis, al auto! Necesito que me lleves urgentemente al salón.

Y aunque le intriga bastante mi petición en aquellos momentos, no deja de cumplir mi orden.

El salón de belleza no cierra para mí. El toque de queda no afecta a diplomáticos ni militares. Y mis subordinados no se atreverían a cuestionar ninguna de mis órdenes.

~¤~

Nunca abandonábamos la casa por el frente. Nunca.

En la calle, los rebeldes, alejaban los cuerpos de la casona y los apilaban en un camión estacionado a pocas cuadras.

Le pido al chofer interceptar a los dos revolucionarios que divisé por la ventana.

Lo hace.

El auto pasa junto a ellos, les dejo caer una nota:

"¡Huyan!

¡Van a matarlos!"

Mi chofer acelera emprendiendo la huida a toda prisa.

Al mirar por el retrovisor, los jóvenes habían desaparecido. Estoy asustada, sí; pero por primera vez en mucho tiempo, siento una inmensa alegría en mi corazón

- Ahora sí, Luis. Llévame al salón.

Nunca me había metido con el régimen de mi hermano. Nunca como hasta hoy.

~¤~

Mi hermano, el presidente

A partir de aquel momento, algo cambió en mí.

Me vestí de jeans, tenis y polo, y me fui a las calles con Luis.

Entramos a los barrios y pude ver los traumas resultados del método de gobierno de mi hermano.

Personas sin casas, sin comida... sin ropas... sin medicinas... sin nada... Era triste.

Una patrulla casi nos descubre.

- ¿Qué hacen ellos por aquí? - Pregunté cuando la perdimos, estaba un tanto asustada.

- Siempre lo hacen, señorita. Pasan cada cierto tiempo, así evitan levantamientos y problemas. Usted sabe...

- No. No sabía.

No sabía que el régimen de mi hermano tenía a los pobres en tal estado.

- No es peor que los anteriores, ¿verdad? – Deseaba con todo mi corazón encontrar un motivo para justificarlo.

- Es lo mismo, señorita. Son los tiempos los que cambian... pero es lo mismo.

Pensé unos segundos en todas las cosas que pasaban a mi alrededor y que no sabía. Presa en mi jaula de oro. Ajena a todo lo que no pasaba frente a mis narices.

¿Dónde quedó ese espíritu curioso y aventurero que tantas veces hizo enfadar a mi madre?

Ahora lo sentía volver.

- ¿Nos vamos, señorita?

- N-no... vete tú.

- ¿...?

- Continuaré a pie.

- ¡Pero..., señorita! ¡Es muy peligroso para usted!

- Nadie reconocerá a la hermana del presidente mientras vista de esta manera y lleve una cola de caballo.

- ¿Y qué le diré a su hermano? ¡Me matará si llego sin usted!

- Dile que estoy en la iglesia... ayunando con las mojas. Pasa a recogerme a las 4.

- Haré lo que me dice... pero, por favor, ¡cuídese!

Luis...era un hombre bonachón, de 61 años. Lo recuerdo a mi lado desde hace tanto tiempo y sin embargo, veía su rostro preocupado y consternado, por primera vez en mi vida.

3

El Chele

Salí del vehículo negro y empecé a caminar por las sucias calles. Los niños, ajenos al hambre que sufrían sus estómagos, a los mocos que corrían por sus rostros, al sucio despiadado que cubría su cuerpo medio desnudo; jugaban sin parar.

Caminé y caminé. No era indiferente a aquello. Yo fui pobre y en aquel lugar, no lograba sentir más que nostalgia.

~¤~

Unos niños y su madre cargan agua. La más pequeñita no tiene más de 4 años y lleva un galón al parecer muy pesado para su delgado y frágil cuerpo.

La niña, tropieza con una roca y cae de frente con todo y galón lastimándose los labios.

Instintivamente la tomo en mis brazos y la levanto. Recojo el galón de agua y le limpio la herida con el borde de mi blusa.

La madre permanece junto a mí, preocupada, pero al ver que la niña no ha sufrido daño grave, le pega y le pelea. Ahora tendrán que volver atrás, a llenar nuevamente la vasija.

Estas escenas me recuerdan mi niñez. Una niñez que, por más que me esfuerzo, veo difusa. Parece que todo se detuvo aquel día, mientras desayunábamos.

La familia se marcha y yo me levanto del suelo. Al hacerlo, mi mirada tropieza bruscamente con la de un joven que reparte volantes casa por casa.

Es el mismo joven de pelo largo que yo salvé.

Lo reconozco. Y evidentemente, él también a mí.

Es mulato, alto y delgado. No lleva el rostro cubierto hoy. Puedo ver la fina y descuidada barba que cubre el borde de sus labios. Lleva una camisa sencilla mangas cortas con los primeros tres botones desabotonados. Hace mucho calor.

Permanezco inmóvil, mirándolo y, casi sin notarlo, se ha dibujado en mi rostro una risilla de satisfacción. El plan ha funcionado. Mis acciones de aquel día, dieron resultado.

Él se acerca.

- ¿La conozco? - pregunta con voz varonil.

- N-no lo creo.

- ¿Vive en el barrio?

- ... Quizás... alguna vez... ¿Qué reparten?

- Volantes para una reunión.

Me tiende uno.

- ¿Está herida?

Mi hermano, el presidente

Se refiere a la sangre en mi franela.

- Oh, no... no es mía. Gracias- acepto el volante.

- ¿Segura que no nos conocemos?

De pronto, unos compañeros se acercan a toda prisa y lo halan.

- ¡La policía! ¡La policía!

Y él me hala a mí.

Echamos a correr y tras nosotros, el sonido de disparos.

4

Revolucionarios

Así fue como me internaron por callejones; un callejón tras otro hasta dar a una pequeña y solitaria calle donde me subieron a la parte trasera de una camioneta.

Partimos, no sé a dónde. Mientras, los disparos continuaban escuchándose cada vez más lejos.

~¤~

La camioneta se detiene.

- Debes bajarte aquí. Iremos a otros barrios a repartir volantes.

- ¡No, por favor! Llévenme con ustedes...

Los demás, me miran extrañados.

- Podría ser una espía- dice uno.

- ¡No! - lo miro. Es el joven de pelo corto que acompañaba al mulato el día de la masacre-. Les juro que no soy espía. Es sólo que... necesito volver al barrio a las 4 y... no sabría cómo hacerlo desde aquí. ¡Ni siquiera sé dónde estamos!

- ¿Cómo te llamas? - me pregunta el mulato.

- Inés. Me llamo Inés.

- Es muy peligroso para ti andar sola por allí. Podrían confundirte con uno de nosotros- reflexiona-. Lo mejor, entonces, será que nos acompañes y luego te devolvemos al barrio.

Y así lo hicieron.

Pasamos todo el día repartiendo volantes. Almorzamos refresco con galletitas y volvimos a la faena.

Cuando íbamos en la camioneta, cantamos canciones populares, como jóvenes normales que no sufren opresión. Ninguno de nosotros pasaba de los 26 y, al final del día, ya era amiga de todos.

El mulato se llamaba Antonio. Era inteligente y serio. Nadie lo contradecía. Parecía ser el líder.

Rubén era su mejor amigo y quien lo acompañaba aquel día en que casi pierden la vida frente a mi casa.

Rodolfo, de cabellos castaños muy claros y sumamente divertido. Era el bufón del equipo.

Johan, el que nunca opinaba, únicamente obedecía.

En la parte delantera del auto estaba Carlos, era algo bobalicón.

Conducía Pepe, el mayor de todos, corpulento, de rostro barbudo, frente ceñida y corazón alegre; parecía un exluchador. Tenía al menos 31 años. Quizás un par de años menos que mi hermano.

Pepe y Rodolfo me volvían loca de risa.

Hasta que dieron las 4.

- Creo que ya es hora de que me lleven de vuelta.

- Tienes razón- asiente Antonio-. Pepe, llévanos a las cercanías de "El Chele" -ordena-. Desdé ahí, caminaremos. Te dejaré donde te encontré.

Así lo hizo.

~¤~

Cuando llegamos al barrio y subimos por el callejón hasta nuestro destino, nos encontramos con 3 niños muertos, uno al lado del otro en medio de la callejuela.

Dos los había visto jugar cuando llegué. Pero el tercero... era la niña. La misma que se cayera galón en mano, esa mañana.

22

5

Velorio

Todo el barrio vela a los tres niños y gritan enardecidos. La madre llora desgarradoramente, tirada en el suelo, en un costado del camino.

Me dirijo hacia la niña pero Antonio me hala por el brazo.

-¡¿Qué haces?!

Estoy conmocionada, apenas puedo hablar.

-¿V-ves esta sangre? - le muestro mi franela y me tiemblan las manos- ¡Es de ella! La vi temprano... venía de buscar agua.

Estoy a punto de llorar.

- Precisamente a buscar agua iba cuando la alcanzó una bala de la policía.

Nos dice una señora que me ha escuchado.

- Si no se hubiera devuelto... ¡quizás ahora estaría viva! - me lamento.

- Si el presidente no les hubiese cortado el agua, no se verían obligados a buscarla en lugares lejanos, en días tan peligrosos como estos- aclara Antonio.

- Mi... ¿El presidente? ¿Qué tiene que ver él con esto?

- ¿...? ¿No lo sabes? ¿Dónde vives? - Antonio me mira suspicaz.

- ¡...! - salgo de allí corriendo y llorando.

Al doblar la esquina ya me esperaba Luis en el coche.

~ ¤ ~

Fue Luis quien me llevó a la habitación en brazos, la cabeza me reventaba.

Pasé tres días delirando con fiebres y escalofríos. Todos presumían que había pescado la gripe.

No estoy segura qué pudo ser, el exceso de sol, la mala alimentación del día, o la impresión de la niña muerta... quizás fue todo. Todo junto.

~¤~

El doctor dijo que no era nada grave. Y al despertar del tercer día, estaba mi hermano frente a mi cama, esperando una explicación.

- Te desapareciste ese día y cuando apareciste... estabas enferma.

- Sí... no sé por qué- no puedo apartar de mi mente el cadáver de la niña con el pecho destrozado tirada en el pavimento-. Fui a la iglesia... - comienzo a sollozar-. No quise volver a la casa.

Siento una terrible amargura y el sollozo se torna en llanto.

- ¿Por qué? ¿Alguien aquí te ha hecho algo? ¿Te han desobedecido o te han faltado al respeto? - conforme hablaba, mi hermano se airaba.

- Sí. Tú.

-¡¡¿...?!!

- ¡Te has convertido en un tirano! - le grito como si hubiese hecho el descubrimiento más grande y terrible de mi vida.

- ¿...? ¿Qué te pasa ahora?

- ¡No puedo creer... cómo es que... mi hermano... es capaz de hacerle tanto daño a los demás!

- No sé qué te pasa. Pero no voy a discutir mi modo de gobernar contigo. Me extraña que hasta hoy me reclames, ¡siempre has confiado en mis decisiones!

- ¿...? – Me doy cuenta de que no tengo la menor idea de cuánto tiempo llevo tolerando aquello. No tengo una noción clara del tiempo...

- ¿Quien ha metido ideas locas en tu cabeza? - continúa mi hermano su interrogatorio-. ¿Las monjas lo hicieron? ¿El padre?

- ¡No!- grito nuevamente-. Nadie me ha dicho nada. ¡Nadie tiene que explicarme lo que puedo ver con mis propios ojos! ¡Estás matando personas!

- Ya. Entiendo. ¿Es por lo de ayer? No planeé matar a esas personas frente a la casa. Lo siento- dice e intenta abrazarme, pero no quiero.

- Bien- se levanta molesto-. Si ya te sientes mejor, y vas a estar así enojada, será mejor que me vaya. Por tu culpa he retrasado una reunión muy importante. No sabes lo difícil que es para mí ser tu hermano y ser el presidente. Lo que siento por ti no lo mezclo con los asuntos del gobierno. No lo mezcles.

Sale sin decir más. Me deja con una enfermera. Mi propia enfermera.

¡Me siento tan impotente! Soy la muñeca del presidente.

De pronto, una idea brilla en mi cerebro.

Mi hermano, el presidente

6

Flores marchitas

Tuve que levantarme y cambiarme para la ocasión pese a mi reciente convalecencia; debía acompañar a mi hermano a un encuentro que sostendría en casa del senador, su mano derecha.

Era el senador un hombre alto, medio calvo, panzón y robusto que casi doblaba la edad a mi hermano y lo había ayudado desde sus inicios en la política. Fiel al régimen, Amable en apariencias, firme e implacable en asuntos del estado.

Mi hermano, el presidente

- El señor presidente la espera abajo- anuncia la doncella.

Por primera vez reparo en la sirvienta. La muchacha era callada, no recuerdo verla dirigirme la palabra nunca antes.

- Tome, señorita.

Me tiende el volante que Antonio me diera días atrás y palidezco.

- Lo encontré en sus pantalones al lavarlos... no se lo mostré a nadie...- aclara bajando la mirada-. Tampoco las manchas de sangre...

- G-gracias... Gracias, Laura... - intento guarda la compostura-. Dile a mi hermano que bajo en un minuto.

La muchacha sale.

Siento miedo, no lo puedo negar. Ahora Laura es mi cómplice y sin embargo, no puedo evitar sentirme nerviosa al pensar en lo que hubiese ocurrido de haber llegado el volante a manos de mi hermano. O la sangre... y el increíble sucio de mis ropas de aquel día. ¿Qué excusa le podría dar?

Gracias a Dios nada pasó y respiro aliviada mientras bajo las escaleras hasta el enorme salón donde mi hermano me espera.

Vamos en la limosina. Los guardaespaldas conducen formando hileras de vehículos a nuestro lado. El ministro de defensa, unos hombres de negro y el secretario viajan a nuestro lado.

Yo ya tenía mi idea planeada, me sentía muy entusiasmada y ansiaba que llegara el momento de ponerla en práctica.

~¤~

El momento llegó.

Pasábamos frente a una hermosa casa con coloridos jardines.

- Esas flores me recuerdan a unas que vi hace un tiempo en el frente de una casa por aquí cerca- digo-. ¡Nunca he vuelto a ver flores de esas! Y mira que he buscado...- suspiro-. Daría cualquier cosa por tener al menos una decorando mi habitación.

- Si eso es lo que quieres, vamos a buscarla- reacciona mi hermano de inmediato.

- No tiene que ser ahora. Podemos ir mañana. No es educado dejar al senador esperando.

Por respuesta, mi hermano pide a un asistente llamar al senador y advertirle que llegaríamos un poco tarde. Luego me pide darle la dirección al chofer.

- ¿El Chele? - se extraña el ministro de defensa.

Mi hermano me mira pensativo.

- ¿...? – me encojo de hombros inocente.

- Parece ser que, la dirección que le has dado al chofer, es las de las cercanías a ese barrio- me explica pausadamente.

- ¿Y cuál es el problema?

- Señorita, no deberíamos ir allí. Es uno de los barrios más revoltosos...- aconseja el ministro.

- Sí no quieres ir allí, no vamos- sugiero cortante.

- Si esas flores quieres, esas flores tendrás.

Si seguiré siendo su muñeca, voy a sacarle todo el provecho que pueda.

~ ¤ ~

Llegamos frente a la casa señalada, pero como yo ya sabía, sólo había en aquel jardín flores marchitas.

- ¡Oh!- finjo consternación mientras bajo del carro-. ¿Qué ha pasado?

Las personas se acercan curiosas al mirar el desfile de autos. Mi hermano no sale. Dos guardaespaldas se me acercan.

- Señorita, es muy peligroso permanecer mucho tiempo aquí. Por favor, suba al auto- sugiere uno de ellos.

Obedezco.

El presidente hace llamar a la dueña de la casa y le habla por la ventanilla casi cerrada de la limosina.

- ¿Qué ha pasado con las flores de este jardín?

Mi hermano, el presidente

- ... E-es la escasez de agua, señor... - responde la mujer aturdida, rodeada como está de hombres de negro y la guardia armada. Su familia observa todo por la ventana de su casa, los militares les han prohibido salir.

- Cuando llegue el agua, quiero que las cuide y me las guarde. Alguien pasará por ellas, son para mi hermana- aclara tendiéndole dinero.

- C-claro, señor- acepta la mujer.

Todos se despliegan y vuelven a sus lugares; antes de que la limosina volviese a ponerse en marcha, el presidente ha dado la orden:

- Haz que devuelvan el agua al sector.

- ¡Señor! ¿Ha olvidado por qué cortamos el suministro a esta gente?- replica alarmado el ministro.

- ¿Porque son revoltosos? - digo con sorna.

- ¡Exacto!

- ¿Y a qué cree que se deba?

- Inés, por favor...no intervengas- interviene mi hermano-. No eres ninguna niña, sabes que en los gobiernos siempre habrá personas a favor y algunos en contra.

- Sí, pero, ¿los pobres? Creí que el pueblo te apoyaba. ¿Por qué los pobres están en tu contra?

- ¡¿Quizás quieren que los haga ricos! - ríe el ministro con estruendosa carcajada.

- ¿Será que me confunden con la lotería y no con el presidente de la república? - sonríe mi hermano uniéndose a la broma.

Y la imagen de los niños muertos vuelve a mi memoria.

Por un segundo, siento odio hacia mi hermano; escucharlo hablar así... con tanto orgullo.

- Sólo será mientras tus flores crecen- me aclara nuevamente-. Este barrio como ya te han dicho, es muy alborotado. Cuando tienen sed se mantienen más calmados.

Debo buscar la forma de volver a hablar con Antonio.

Mi hermano, el presidente

7

Cita secreta

Lo hice nuevamente.

Me puse ropa de adolescente y me fui al barrio. Pregunté a todo el mundo dónde vivía Antonio, pero al parecer, nadie lo conocía.

- Qué extraño...- juraría que Antonio era un chico popular entre la gente.

Incluso lo describí... pero nadie lo conocía. Personas a las que vi conversando con él hace días, decían no conocerlo.

Mi hermano, el presidente

Entonces recordé: "*Es muy peligroso para ti andar sola por ahí. Podrían confundirte con uno de nosotros*".

Si huían de la policía y se movían de incognito, nadie me dirá dónde encontrarlo.

Un muchacho pasa proveniente del colmado.

- Escucha, dile a Antonio que Inés lo espera- le dije sin rodeos.

- ¿Perdón? ¿No conozco a ningún Antonio.

- Lo sé.

Y me alejo.

Me siento en una roca cercana a esperar.

Observo.

Irónicamente, el barrio es otro ahora con agua.

Más húmedo, más sucio... más pobre; menos niños pululan. Eso me tranquiliza.

Media hora... 45 minutos... una hora.

De pronto, el joven con el que enviara el recado sale de la nada y se acerca.

- Debería ir a la iglesia- me aconseja y se marcha.

¿La iglesia? ¿Cuál de todas las iglesias?

Espero que se aleje un poco y entonces, discretamente, lo sigo.

Él me guía hasta una parroquia.

La iglesia está cerrada y el chico, da media vuelta y regresa.

Esperaré.

~ ¤ ~

Al cabo de 20 minutos, alguien entreabre la enorme puerta de madera.

Miro a todos lados, no hay nadie cerca. Entro a la iglesia con recelo.

- ¿Antonio?

El extraño se quita la capa y descubre su cabeza. Es él.

- ¿Me buscabas?

- Hace más de una hora.

Mi hermano, el presidente

- No podemos correr riesgos a la ligera. ¿Qué quieres?

- Han devuelto el agua a "El Chele", aunque no por mucho tiempo. El presidente volverá a cortar el suministro pronto.

- ¿Y por qué ha devuelto el agua a "El Chele"?

- En "El Chele" se cultivan las flores de su hermana. Habrá agua hasta que las plantas florezcan.

- Y tú sabes todo esto porque... ¿...?

- Sólo lo sé.

- O quizás Rubén tenía razón y eres una espía.

- Quería darte el mensaje. Ya lo hice, ya me voy.

- No lo creo- me detiene-. Siéntate.

- No creo que sea buena idea retenerme.

- ¿Por qué no?

- Ya he perdido bastante tiempo.

- ¿Te espera el auto negro afuera?

- ¿...?

- ¿El mismo auto que me salvó de la muerte y que te recogió en el barrio días atrás? ¿Ese?

- Me seguiste.

- Es lo menos que puedo hacer con una desconocida que se pasa todo el día conmigo y luego pretende desaparecer huyendo.

- Pero has aceptado verme hoy.

- Porque no eres una espía. Demasiado descuidada.

- ¿Entonces, por qué me retienes? ¿Quién crees que soy?

- Quiero que me lo digas.

Pero no diré nada.

- ¿Por qué me salvaste la vida? ¿Por qué ayudas a "El Chele"?- insiste.

- Me siento responsable. El presidente los maltrata.

- ¿Responsable? ¿Por qué responsable? ¿De dónde sacas la información? ¿Cómo sabías que querían matarnos aquel día?

No diré nada.

- Por favor- pide con tono humilde-, habla.

- Yo…,soy su hermana. Soy la hermana del presidente.

Antonio cierra los ojos, aprieta sus puños y respira profundo.

- ¡Dios! - exhala casi en un suspiro-. Lo sabía.

- ¿Qué sabías?

- Sabía que eras alguien muy cercana a ellos. Que trabajabas quizás en el palacio, pero... nunca tanto como el único pariente vivo del "excelentísimo".

Esta definición del parentesco que sostengo con mi hermano me causa un profundo pesar.

- Siéntate- vuelve a pedir. Esta vez obedezco.

- ¿Qué vas a hacer? ¿Me tomarás como rehén para lograr tus objetivos?

El me observa un tanto serio, luego un tanto divertido.

- No es mala idea- dice.

Y lentamente, se sienta frente a mí.

-Y dime... ¿no te da miedo engañar a tu hermano? ¿O es que acaso él te envía?

- ¿Enviarme? ¿A regar panfletos con los revolucionarios? ¿A alertar al cabecilla de la rebelión? ¿A salvarles la vida? ¡Por favor! Seamos razonables.

- Sí, lo haría. Si espera que ganes nuestra confianza, por supuesto que lo haría.

Me pongo en pie.

- Te dije que era mala idea- le restriego-. Quiero ayudar y lo he hecho. Si no me vas a secuestrar, deja que me vaya ahora.

- ¿Lo hiciste? – él también se pone de pie-. ¿Acaso crees que con lo que has hecho has solucionado algo?

- Temporalmente, sí.

- Bien. Gracias. Adiós.

Pero no puedo moverme. Su frialdad se ha clavado en mi pecho como un aguijón.

- ¿Qué? – pregunta enojado.

- Quiero hacer estas cosas... ayudar aunque sea de forma momentánea.

Él me observa ahora como si yo fuera una cosa rara.

- ¿Estás loca?

- Sé que no es mucho, pero ¡permíteme hacerlo! Por favor.

- ¿Crees que esto es un juego?

- No.

- ¿Crees que esto es divertido? - me grita-. ¿Crees que sólo "El Chele" es quien sufre las atrocidades de tu hermano? ¿Eh?

- Antonio... por favor...

- ¿Lo ves matar, lo ves abusar y quieres venir aquí de vez en cuando a "ayudar" para limpiar tu conciencia? ¿Esa es tu brillante idea? ¿Eh? No es tan sencillo, señorita Inés. ¡No lo es!

- No, quizás no lo es. ¡No puedo saber cuán difícil es si no me dejas ser parte! Dime, ¿qué quieres que haga? ¿Qué tengo que hacer?

Antonio se acerca despacio, mirándome a los ojos y sonriendo de forma extraña.

- Mata a tu hermano- me susurra de frente-. Mata al presidente.

Mi hermano, el presidente

8

Cómplice

Casi muero. ¡Estoy petrificada!

- No puedo hacer eso.

- Lo sabía- vuelve a cubrir su rostro- deja todo como está. Ayuda en lo que puedas y no vuelvas a enviarme mensajes- me empujaba hasta la salida-. Hay muchos caliés[1].

- ¡Antonio!- lo detengo-. Por favor, no le digas a nadie...- suplico.

- No les diré.

---

[1] **Calié**: Dominicanismo que significa "Espía", surgido durante la dictadura de Ulises Heureaux en el S. XIX.

Mi hermano, el presidente

Me echa fuera de la iglesia y cierra la puerta.

Durante unos segundos, miré a todos lados desorientada. *"Mata a tu hermano"* aún escucho resonar en mi cabeza.

Mi respiración entrecortada, las manos me temblaban y un llanto nervioso comienza a rodar por mi rostro.

Camino meditando... no había pensado en los caliés. Pregunté a todo el mundo por Antonio. ¿Y si alguno era un informante? ¿Y si me hubiesen reconocido?

- ¡Hey! ¡Muchacha!- escucho que me llaman.

Me doy vuelta para encontrarme con el párroco. Un hombre bajito y flaco, de mediana edad.

- ¡Padre...! - el hombre se acerca.

- Te vi salir de la iglesia- dice.

- S-sí.

- Pero la iglesia estaba cerrada... ¿Cómo entraste?

- ... Pues...- pienso mentirle-... la verdad es que... - cambio de idea- Padre... ¿podemos hablar?

~¤~

Lo sigo hasta una especie de oficina, muy sencilla que tiene al fondo del pequeño templo.

Un escritorio tosco, dos sillas al frente, un archivero en una esquina. Dos imágenes de La pasión de Cristo decoraban las paredes.

- Siéntate- me pide amablemente-. La verdad es que estoy muy sorprendido de encontrarte aquí.

- ¿...?

- Te conozco. Eres Inés, la hermana del presidente.

Era cuestión de tiempo. Mi hermano financiaba todos los actos grandes que conmemoraba la iglesia y yo, siempre estuve a su lado durante las celebraciones. Todos los sacerdotes del país debían asistir a estos eventos. Todos. Una inasistencia podría traducirse como subversión.

- Pero, vamos ¡que no fue fácil! Vestida así pareces una adolescente.

Y entonces me di cuenta de que no sé mi propia edad... ¡Dios! ¿Qué me estaba pasando? ¡De pronto no recuerdo la mitad de mi vida! ¿Qué me pasa?

- A tu hermano... no le gustará saber esto...- continua el padre.

Bajo la mirada apenada.

- No tiene que decírselo.

El padre me mira como se mira a un amigo.

- ¿Qué haces aquí? ¿Estás en problemas?

- Yo no lo llamaría así- y pese a las advertencias de Antonio, voy a confiar en él-. Estoy ayudando a los revolucionarios.

- ¡...! ¡Santo Dios! ¡Y no llamas a eso un problema!

- ¡Está matando personas, padre!

- ¡Muchacha! ¡Cállate! ¡Te puede escuchar alguien! - dice bajando la voz.

Lucía nervioso y al mismo tiempo emocionado.

- ¡Oh, Dios! ¡Podría costarte la vida! También la mía.

-...

- Yo le presté a Antonio la iglesia. No sabía con quién se vería.

- Antonio ya sabe quién soy.

- ¡Pues claro! ¡Él es el hijo del senador!

Mi hermano, el presidente

9

El hijo del senador

No sé cuándo, ni a qué hora ocurrió esto. Lo cierto es que estoy en casa del senador, esperando en su sala.

El senador... he visitado esta casa tantas veces. Pero no recuerdo el nombre de él... ni haber visto nunca el rostro de su hijo.

Y como si lo llamara con el pensamiento, Antonio aparece en el umbral de la acogedora salita donde había sido llevada.

- Señorita Inés. Qué agradable sorpresa.

Mi hermano, el presidente

Habla como si no me conociera. Como si no nos hubiésemos encontrado días antes en la iglesia.

- ¿Ha mandado buscarme?- pregunta.

Lo observo... ¡Que diferente! Bien vestido, con el pelo, que regularmente cae sobre su frente, todo echado para atrás, peinado con maestría y elegancia.

- Creí que el único motivo por el que visitaba mi casa era mi padre... - agrega.

Bello. Muy bello. Luce más varonil y aparenta menos edad. Ahora estoy segura de que no lo he visto antes. Jamás me habría olvidado de su porte... de su cara.

- Mi padre no está. Está en el palacio... con su hermano.

Mencionar a mi hermano me hace regresar a la realidad.

- Pasaba por aquí cerca... y decidí entrar a ver... cómo marchaban las cosas- balbuceo idiotizada.

¿Por qué sonríe? ¿Dije algo gracioso? Ni siquiera sé cómo se llama en esta casa. No puedo arriesgarme a hablarle abiertamente.

- Es usted muy amable, señorita Inés. Por favor, siéntese. Aprovechemos la ocasión y conversemos un rato.

Me siento.

- Luce un poco tensa... ¿puedo ofrecerle algo?

- Realmente.... estoy molesta... - ¿Cómo se llama?- An... Anto...

- Antón- me ayuda él mirándome extrañado-. Y a qué se debe su... ¿incomodidad? ¿Puedo saber?

-Conocí una persona. Lo creí un extraño en principio... pero, resultó ser alguien muy cercano a mi..., sólo estaba disfrazado.

- ¿En serio? ¡A mí también me pasó algo similar! ¡Vaya coincidencia!

- Yo le confesé mi secreto. Creí que lo justo sería que me confesara el suyo- bajo la mirada con tristeza.

Me obliga a mirarlo levantando lentamente mi barbilla.

Es... demasiado guapo y me mira con tanta ternura.

- No me recuerdas, ¿verdad?. No recuerdas mi rostro, ni mi nombre- musita como un lamento-. Pero yo, yo te reconocí desde el primer momento que te vi arrodillada en el sucio suelo de aquel barrio.

Nos miramos fijamente y, tras unos segundos de silencio me ofrece su mano como todo un caballero.

- ¿Quieres pasear conmigo?

~¤~

Nos sentamos junto a una fuente en una banca del enorme jardín. Siento que he estado allí otras veces, pero tampoco lo recuerdo claramente.

- Aquí podemos hablar libremente- me dice-. Ahora sabemos que libramos las mismas batallas; compartimos un mismo sentimiento. El mismo dolor, la misma impotencia. Ser partícipes de todo y no poder arriesgarnos sin colocar en el fuego a las personas que amamos. Un día moriré y las personas dirán: *"Murió el hijo del bastardo senador"*

- ¿Y tu padre sabe...?

- Creo que sospecha. Al menos, hubo un tiempo en el que lo hizo. Estaba metido en movimientos turbios, y los hombres del presidente comenzaron a vigilarme. Tu hermano me mataría simplemente por la duda, pero mi padre se adelantó y no sé cómo, logró convencerlo de que no soy una amenaza. Mi padre nunca me haría daño. Me mantiene "aislado", y yo le hago creer que es así.

Entonces, Antonio toma mi mano y discretamente, coloca algo en ella.

Es un pequeño frasco con polvos blancos.

- Es veneno- susurra.

- Antonio...- quiero devolverle aquello, pero ha apretado su mano contra la mía.

- ¡Eh!- llama mi atención- No es exclusivamente para él. Llévalo contigo, puede servirte de ayuda. Te guste o no, vives con el enemigo ahora.

Mi hermano, el presidente

Entonces suelta mi mano lentamente.

- Úsalo para protegerte.

- Antón... – todo aquello me hace llorar.

Antonio seca mis lágrimas con la punta de sus dedos.

- Ahora eres parte de la familia. "Nuestra verdadera" familia. Cualquier cosa puede pasar.

10

Muerte en las calles

No quiero volver a casa. Le pido a Luis que no me lleve, así que comenzamos a vagar en el auto.

Divago en el asiento trasero. Mi país está hecho mierda... ¿Qué haría una mujer en mi posición? Me pregunto.

-¿Qué harías?

Aspiramos durante horas la soledad y el vacío de nuestra ciudad, entonces nos dirigimos a casa.

~¤~

Mi hermano, el presidente

Toque de queda y la ciudad está, una vez más, totalmente desierta.

A lo lejos se escucha una sirena que se acerca. Casi enseguida, dos jóvenes pasan frente a nosotros corriendo despavoridos.

Luis detiene el auto de golpe para no atropellarlos.

El carro de la policía aparece bloqueándoles el paso. Igual tratan de huir.

- ¡Deténganse! – gritan los oficiales saliendo del carro, pistolas en mano.

Uno de los jóvenes se detiene manos arriba, pero el otro, se cree muy lejos para detenerse... grave error.

Las balas surcan el aire, atraviesan su espalda y salen abruptamente por su pecho.

El otro joven cae de rodillas.

- ¡No disparen! - grita- ¡No disparen, por favor!

Los policías caminan hacia él. Otra patrulla llega y otra. Rodean al joven sobreviviente de rodillas sobre el asfalto, y lo golpean. Una y otra vez, lo golpean.

Finalmente lo esposan, lo arrastran como a un perro y lo introducen sangrando en el baúl de una patrulla.

Lo conozco.

Lo reconocí mucho antes de caer de rodillas.

Es Rubén.

Se lo llevaron.

La calle queda más desolada que antes. Ni un ruido... ni un suspiro. Nada. Excepto muerte y el viento que se lleva el polvo de la calle muerta.

Y nosotros, Luis y yo, no hicimos nada más que observar. No nos escondimos, nadie nos vio.

Dios... ¡mi estómago se retuerce! Aún no digiero lo que ocurrió.

Salgo del auto, tambaleante. Siempre me afectan los nervios todo el cuerpo y las rodillas... especialmente las rodillas.

Mi hermano, el presidente

- ¡Señorita, no!- trata débilmente de detenerme Luis.

Continúo avanzando de todas maneras.

Me acerco al cuerpo que dejaron allí, tendido sobre un charco de su propia sangre. Muerto. Sus ojos aún abiertos. También lo conozco. Las fuerzas me abandonan definitivamente. No puedo sostenerme en pie.

El abrazo oportuno de Luis evita mi caída. Me lleva hasta el auto.

Siento que me ahogo… ¡no puedo respirar!

~¤~

Me recibe la mucama. Le doy los guantes, sombrero y el bolso.

- ¿Pasa algo malo, señorita?

Lo pregunta por mi cara enfurruñada y ojos enrojecidos.

- ¿Está mi hermano?

- Sí. En el despacho. Llegó hace poco.

Creo que eso dijo, no escuché sus últimas palabras.

Camino hacia el despacho decidida. Las imágenes recientes regresan a mi mente mientras avanzo y... vuelven a fallarme las piernas. Debo darme fuerzas, la garganta me arde.

- ¡¡Perro!! - grito estrellando la puerta.

El maldito está allí, con una copa en la mano y una sonrisa que desaparece al verme.

Frente a él se encuentran algunos senadores y los más altos ministros del estado. Todos celebran con una copa en la mano.

- ¡¡Perros!! – me dirijo a todos.

Mi hermano no deja de mirarme, perplejo.

- ¡¡Cerdo!! - vuelvo a vomitarle desde el fondo de mi corazón.

- Cálmate. ¿No ves que estamos en una reunión? - dice.

- ¡Oh, disculpen! Disculpen... – pero yo ya estaba fuera de mi- ¿Están celebrando? Yo también quiero celebrar - le arranco la copa con rabia a uno de ellos-. Brindo por mi hermano. El jefe de estado, el primer mandatario joven de nuestro país- las lágrimas me bloquean, no me dejan hablar con propiedad-. El hombre en el cual millones y millones de personas depositaron su confianza y lo llevaron donde está... personas que ahora mueren en las calles.

Un murmullo corre por toda la sala.

- ¡¡¡Brindo!!! - grito acallando las voces-. Brindo por tu maldita dictadura ¡que les ha arrancado la vida a miles! Brindo por tus infelices seguidores, que tienen menos culpa que tú, pues al menos ellos lo hacen por posición y dinero. pero tú... ¿Por qué lo haces? ¡¡¿¿Por qué??!!

Dos tratan de sujetarme.

- ¡Déjenla! - ordena mi hermano y no hubo necesidad de repetirlo.- Pero qué dices, mujer.

- ¡Digo, lo que tú y tus títeres saben muy bien! ¡Son unos asesinos! ¡Le roban al pueblo y luego los matan!

- Basta.

- ¡Por eso le quistaste el agua a ese barrio! ¡Por eso matas a los estudiantes! ¿Por qué cierras las universidades?

- Ya basta.

- ¿Qué más haces? ¿Violas niñas? ¿Embarazas vírgenes inocentes? ¿Fornicas con hombres?

Me abofetea.

- ¿Qué diablos has tomado? – especta mirándome con asco.

- ¡Una pequeña dosis de tu maldito gobierno!

- Llévensela- pide a los tipos-. Más tarde hablaré contigo- me dice.

Y dejo que me lleven. No siento mi cuerpo. Estoy al borde de la locura.

Mi hermano, el presidente

11

En contra

Sentada en posición fetal sobre mi cama, lo observo entrar. Se mueve lento, amenazante, pero mi cuerpo aún no siente nada y, aunque mi cerebro se lo ordene, no se mueve.

Se detiene frente a mí.

- ¿Qué diablos te pasa? – pregunta.

No quiero contestar, tampoco mi boca quiere moverse.

- ¿Te estás volviendo loca? – está tan molesto que le rechinan los dientes.

Mi hermano, el presidente

Me revuelvo en la cama hasta darle la espalda. Me siento lenta, aletargada.

- ¿Desde cuándo te preocupa tanto el resto de la humanidad? Nunca nada te importó. Antes eras más ajena a las cosas, todo te era indiferente.

Y comienzo a sollozar… de nuevo.

- Ignoraba lo que en verdad pasaba- confieso-. No quieras insinuar que no me importa mi pueblo, mi gente, que es la tuya también.

- ¡Malditos rebeldes! Sé que todo esto es mi culpa. No debí permitir que atacaran a los estudiantes frente a nuestra casa, ¡no debí permitir que esos renegados se acercaran a nuestra casa! - perdía la paciencia por momentos-. Eres muy sensible. Y no has sido la misma desde entonces-se sienta en el borde de mi cama-. ¡Pero debes entender que mi intención no es hacerle daño a nadie! Este país necesita quien lo dome, ¡quien los enseñe! - aprieta la mandíbula al hablar, parece sentirse impotente-. Son como niños, solamente son felices cuando los dejas hacer lo que quieren, pero si intentas corregirlos te convertirán en un dictador. El hombre más déspota del mundo. Y no me importa lo que ellos opinen, pero tú... tú solías creer en esto.

- La muerte. La muerte me cambió- volvían a pasar ante mis ojos los rostros de los caídos y volvía a sentir mi alma triste.

- Si me agreden, es lógico que reciban su castigo- se levanta enfurecido-. Hasta ahora, mi mayor dolor de cabeza son esos jóvenes revolucionarios. Inventan ideas, esparcen su mierda y enfrentan a mis hombres. ¡Sí! Esos jóvenes que te empeñas en defender son la mayor amenaza con la que lidia mi gobierno, pero te aseguro que pronto acabará.

- Nunca acabará. Si los matas, vendrán otros y otros.

- Pues déjame decirte esto. MI GOBIERNO, mi pueblo. Prefiero ver mi país hundido antes que aceptar el fracaso ante "esos"- dice con desprecio.

Camina hacia la puerta y desde allí me grita:

- ¡Mira el lujo en el que vives mientras tus compatriotas mueren en las calles! En el fondo, eres tan tirana como yo.

Y sale dejándome en el alma además de tristeza, un terrible dolor.

Tal vez debería tomar yo el veneno.

Tal vez debería ser yo quien muera.

~¤~

- ¿Qué piensas? - preguntó el senador al presidente.

- Alguien le está metiendo ideas en la cabeza. Quiero que la sigan- se volvió hacia el ministro de interior y policía- y maten al bellaco que está poniendo a mi hermana en mi contra.

12

Riesgo al máximo

Han pasado días. No he vuelto a salir desde la última discusión con mi hermano. Pero esta noche, es la reunión de los jóvenes revolucionarios.

Luis me llevará. Gracias a Dios mi hermano no está en casa. Desde nuestras peleas, no me invita a sus reuniones. Evidentemente, ya no confía en mí.

La verdad, no me importa.

~ ¤ ~

- Déjame aquí, Luis. Ya sabes a qué hora recogerme.

- Sí, señorita.

Camino hasta la iglesia evitando las patrullas, ocultándome entre las sombras.

No uso la puerta principal. Hay una puerta en los costados que conduce a un pasaje secreto. El pasaje es otra entrada a la oficina del padre. Tal como me lo explicara Antonio, debajo del rustico escritorio, oculta bajo la alfombra, está la trampilla que conduce al subterráneo. Allí, bajo el templo, están reunidos todos los muchachos y más... muchos más, incluyendo al padre y Antonio.

- Me alegra que vinieras, Inés - me saluda Antonio frente a todos-. Estábamos hablando sobre el encarcelamiento de Rubén y el asesinato de Rodolfo.

Las imágenes del suceso vuelven a mi cabeza.

- S-sí...

- ¿Sabes por qué les hicieron eso? - me pregunta-. Porque estaban regando volantes, simplemente... - luce muy triste- . ¿Saben que es lo que más lamento? - se dirige a todos los presentes ahora-. Que Rodolfo luchó tanto... - está lleno de rabia e impotencia-, y murió sin ver un cambio. En él veo a cada uno de nosotros. Protestamos. Salimos a las calles. Gritamos. Pero viene la mano de aquel que se considera más fuerte y nos aplasta. ¡Nos calla!

Los jóvenes allí reunidos, pasaron de la indignación y comenzaron a murmurar y a asentir.

- Si seguimos como vamos todos moriremos como Rodolfo. Sin ver un cambio. ¿Cuál de nosotros caerá esta noche? ¿Cuál de ustedes, morirá mañana? ¿Y seguiremos aquí? Haciendo reuniones de vez en cuando para comentar los asesinatos, para lamentarnos por los que están siendo torturados en las cárceles de este país. Y yo me pregunto, ¿qué hacemos? Realmente, ¿qué hacemos? ¿Luchar?

Todos niegan.

- ¿Estamos luchando, amigos? ¡No! ¡No estamos luchando! ¡Estamos evitando la lucha! ¡Estamos nadando en un mismo sitio! Y ellos no lo merecen. Los que se han sacrificado ¡No lo merecen! ¡No! ¿Saben por qué lo hacemos? Porque tenemos miedo. ¡Sí! ¡Miedo, mucho miedo! Todos nos "arriesgamos" hasta un punto mínimo. Otros como Rodolfo se arriesgan al máximo y saben por qué acaban muertos? Porque se arriesgan solos. ¡Se están arriesgando solos! ¡Arriesguémonos todos juntos! ¡¡Todos juntos!!! ¡No hay nada más fuerte que eso! ¡Créanme, amigos! ¡¡Todos juntos, sin miedos!! Yo sé que podemos hacerlo.

Todos aplauden y asienten. La mirada de Antonio taladra la mía.

Yo no puedo aplaudir, no puedo asentir... Para mí, arriesgarme al máximo significa asesinar a mi única familia.

- Estén preparados. Desde hoy lucharemos de verdad. ¡No importa que se nos vaya la vida en ello! Veremos el cambio.

Él tiene razón. No verían el cambio, sin aumentar el nivel de riesgo.

~¤~

Al final de la reunión se acordó otra fecha para poner en marcha las estrategias de ataque sugeridas esa noche. Luego salimos de uno en uno por intervalos de 5 minutos.

Cuando llegó mi turno, Antonio decidió acompañarme.

- ¿Antonio, quería preguntarte... ¿tienes más... de aquel polvo blanco?

- ¿Qué planeas?

Lo miro en silencio.

- Te entregaré todo lo que tengo.

El auto negro se detiene frente a mí.

- ¿No vienes? - le pregunto a Antonio al ver que no avanza.

- ¡Claro! - me sonríe tranquilizador-. Pero olvidé entregarle algo a Pepe. ¡Ya, vete!

-Cuídate- y me lanzo a sus brazos impulsivamente.

- Vámonos, señorita- me apremia Luis por la ventanilla del auto.

Mi hermano, el presidente

Dejo a Antonio a toda prisa, cuando en verdad muero por quedarme entre sus brazos.

13

Muerte segura

Luis pone el auto en movimiento.

- ¿Cómo estuvo la reunión, señorita? - quiere saber y me ha tomado por sorpresa. Es la primera vez que se inmiscuye en mis asuntos clandestinos.

- Bien. Estuvo bien.

- Luis... ¿tú crees en el cambio?

- ¿...? ¿Del país?

- Sí.

- ¡Claro! Se está luchando por eso, ¿no? Usted es una parte clave en esa lucha.

Mi hermano, el presidente

¿Sabe qué pienso? Que Dios vio lo intocable que era su hermano. Nadie le podía hacer nada y todo parecía en vano. Pero ahora, el enemigo de su hermano, está dentro de su propia casa. Si usted, que lo tiene a su merced no puede combatirlo, entonces sí, ya no hay esperanzas.

Yo... ¿soy la enemiga de mi hermano?

- El pueblo está en sus manos, señorita y yo confío en usted- concluye Luis.

Sus palabras me comprometen en gran medida.

- ¡Dios! - exclama Luis de pronto.

- ¿Qué pasa?

- ... – Luis ha palidecido.

- ¡¿Qué pasa, Luis?!

- Nos están siguiendo...

Voltee a mirar. Efectivamente, una patrulla y un carro oscuro venían tras nosotros.

-¿Quiénes son? - pregunto.

- Los del carro oscuro... son matones especiales. Trabajan bajo orden directa del presidente.

- ¿Qué significa?

- Dónde esté ese auto, habrá muerte segura, y nos vienen siguiendo desde el punto de encuentro.

Siento que el miedo se apodera de mi cuerpo.

- No se preocupe, señorita. Trataré de perderlos.

- ¡Dios! - empiezo a transpirar profusamente-. Pero... ¿Cómo...?

- Debió tener más cuidado, señorita. Es evidente que su hermano la mandó a seguir.

Veo el rostro de Luis por el retrovisor. Está tenso, su frente surcada por un hilillo de preocupación.

- Luis... lo siento- sollozo.

- Señorita, no se despida de mi aún. No se lamente por nada.

Mi hermano, el presidente

Y aunque me encontraba tras él, no pude evitar abrazarlo a través del asiento.

Siento su corazón agitado.

- ¡Póngase el cinturón!

Luis respira profundo y acelera.

- ¡Sujétese!

Dobla rápidamente en una curva y se introduce en el primer callejón.

- Baje.

- ¿Q-qué?

- ¡Baje, rápido!

Bajo a toda prisa.

- Trate de llegar a casa. Dios la bendiga.

Y de un acelerón, saca el vehículo de nuevo a la avenida y se aleja a toda máquina.

- L-Luis...

Nerviosa y desencajada intento asimilar qué es lo que pasa, pero escucho el motor de autos que se acercan. Me escondo tras unos botes de basura. La patrulla y el auto negro pasan frente al callejón y siguen de largo, van tras Luis.

Intento calmarme. Trato de caminar. ¡Maldito nerviosismo! Debo ser más fuerte. ¡Debo aprender rápido a sobreponerme! Y de inmediato, el sonido de un auto que se estrella.

- L-Luis...

Salgo a la acera. Tomo el mismo camino que Luis.

Todo es silencio. Y luego, un disparo.

- ¡...! ¡Luis! ¡Luis! - acelero el paso.

Y de nuevo, escucho autos que se acercan. Me escondo en una esquina. Los veo pasar. Son más. Dos autos negros y una patrulla.

Lo emboscaron.

- ¡Luis! – no puedo parar de llorar.

Corro para encontrarme con lo esperado.

- ¡Luis! - grito inclinándome sobre su cuerpo. No puedo hacer nada por él, tiene una bala incrustada en la frente.

Mi hermano, el presidente

14

Paz

Como habíamos acordado, Laura me ayuda a escabullirme nuevamente dentro de la casa.

- ¡Señorita! - me mira aterrada-. Su hermano llegó. Ha preguntado mucho por usted.

Miro su rostro difuminado, mis ojos están demasiado hinchados.

- Está en su alcoba- dice.

Y vuelvo a ser un zombi, que no piensa, que no siente.

Mi hermano, el presidente

- S-sí..., iré- me dirijo hacia la habitación de
mi hermano.

- Señorita... ¿irá vestida así?

~ ¤ ~

¿Qué hice?

¿Me duché? ¿Qué me puse?

Laura se encargó de mí y ahora estoy de
pie, tocando a la puerta de los aposentos
del presidente.

- Pasa- lo escucho al otro lado.

- ¿Te pasa algo? - pregunta al verme

- N-no... nada.

- ¿Dónde estabas?

-     ¿Desde   cuándo   reporto   mis
movimientos?

- Desde que estás sufriendo de delirios
patrióticos.

- Me voy a acostar. Estoy muy cansada-
giro sobre mi talón para marcharme...

-¡Inés!- pero su voz me detiene-. Mírame.

Obedezco.

- Sé que te preocupas por mí. Yo me preocupo por ti más de lo que crees. ¡Eres mi hermana!

Y vuelven a mí las ganas inmensas de echarme a llorar.

- Mira - saca un ramo de flores frescas que había ocultado- ¡Son tus flores!

Otra vez las rodillas me fallan. Caigo en el piso golpeada por mis propias emociones.

-¡Inés! - corre hacia mí.

- ¡No! – lo detengo con un gesto de la mano- . ¡No te acerques!

No me hace caso. Camina hacia mí y se arrodilla para alcanzarme.

-Inés... - retira el pelo de mi cara y con infinita ternura, seca mis lágrimas- ¿sigues triste?

No quiero volver a hablar de mis penas. No quiero ser más la chica triste. ¡Quiero ser fuerte!¡Pero Luis está muerto! ¡Muerto! ¡Asesinado por mi propio hermano! El mismo que ahora me arrulla con cariño

Mi hermano, el presidente

entre sus brazos. Siento en mi interior una amarga tristeza.

- Son tus flores, ¿lo recuerdas? ¡La mandaste a cuidar!

- Sí...

Me levanto con su ayuda y tomo las flores.

Son rosas cargadas de recuerdos... y las abrazo, me abrazo a ellas llorando.

- Inés... ¿No estás feliz? Dijiste que las rosas te harían feliz...

Me aparto.

- Supongo que ahora... le quitarás el agua a ese barrio...

Y se aleja de mí. Su rostro vuelve a cambiar.

- Escúchame bien, Inés. No quiero que te metas más en mi forma de gobernar, ¿comprendes?

Seco mis lágrimas.

- Está bien.

El me mira extrañado.

- No volveremos a discutir sobre esto- prometo-. Gracias por las rosas.

Mi hermano, el presidente

15

Francotirador

Luis tenía razón, me vigilan.

Al día siguiente, mientras el padrecito efectuaba la misa vespertina, explotaron la iglesia, sede de nuestras reuniones.

Seis bombas detonaron llenando de terror y de muerte aquel entorno santo. Destruyeron la parroquia y sus alrededores. Acabaron así con varios revolucionarios incluyendo al padre.

Me lo acaba de contar Laura.

-¡Dios mío, Laura! Si han destruido la iglesia, saben de todos nosotros... ¡Quizás nos vieron salir a todos! ¡Debo encontrar la manera de informar a Antonio!

- ¡Pero qué dice, señorita! ¡No puede ver a nadie! Si el señor presidente la está vigilando... ¡todo lo que vea y toque estará sentenciado a muerte!

- ¡Es que ya es tarde para eso, Laura! ¿No lo entiendes? ¡Ya están sentenciados!

~ ¤ ~

- Joven, Antón. Una muchacha pregunta por usted abajo- anunció la chica del servicio.

- ¿Dijo su nombre? - Hizo a un lado la computadora.

- Laura. Dice que es empleada de la casa presidencial.

~ ¤ ~

-¿Laura?

Antón miró a la chica; no más de 20, ropa humilde y actitud huraña. Estaba de pie en el recibidor, los hombres de seguridad la observaban con suspicacia.

- S-sí..., sí, señor.

Parecía un ratoncillo, asustado e indefenso entre gatos.

- Ven conmigo- pidió Antón y la llevó a caminar por el jardín.

-En esta parte no hay cámaras. Es un punto ciego. El único lugar seguro para hablar en esta casa. Porque imagino que tienes un mensaje para mí, ¿no?

- Sí. Soy la sirvienta de la hermana del presidente. La señorita Inés está muy preocupada.

- ¿Supo lo del padre?

- Sí. Ella teme que todo sea por su culpa.

- ¿...?

- ¡No sabía que el presidente la había estado vigilando!

- ¡...!

- La siguieron el día en que fue a la iglesia a reunirse con ustedes.

- ¡¿Qué dices?!

- ¡Incluso mataron a su chofer! ¡Ella quiere alertarlo! ¡Deben huir! ¡Usted también!

- ¿Huir?- repitió Antonio incrédulo- Si el presidente sabe de nuestra existencia, ya estamos muertos. No hay salida y no dejaré a los muchachos solos en esto.

- ¿Qué va a hacer?

- Lo único que podemos hacer, ser más rápidos.

La acompañó hasta la puerta trasera, custodiada sólo por dos guardias.

- Toma - le dio un sobre-, es para Inés. No más mensajes. No podemos vernos ni reunirnos por ahora. Y por amor de Dios, por su propio bien, dile que sea más cuidadosa- sonrió.

- Lo haré.

- Ve. No pierdas tiempo. Debo comunicarme con mi gente cuanto antes.

La salida trasera daba a una pequeña calle solitaria rodeada de edificios pequeños. Antes de cruzar el portón, Laura reparó en un reflejo tintineante que venía desde lo alto del edificio de enfrente.

- Alguien juega con un espejo...

Antón ya se alejaba, pero se volvió curioso.

- ¿Dónde?

- Allí- señaló el edificio-, ¿puede ver ese destello?

Y luego, el silbido hueco de una bala cortando el aire.

Antón cayó de golpe sobre el césped. Muerto, antes de tocar el suelo.

Los guardias corrieron hacia Antón. Laura quiso acercarse también, pero otra bala impactó su hombro por detrás y salió por el frente.

Los guardias reaccionaron. Sacaron sus armas, asumieron posición defensiva, pero no ocurrió nada más. Ningún otro disparo.

Y durante el brevísimo caos, Laura, herida, había escapado.

Mi hermano, el presidente

16

Último mensaje

Comenzaba a preocuparme cuando recibí el mensaje de Laura.

Está herida, a pocas cuadras de la casa.

Sin pensarlo dos veces, tomé mi bolso, pedí llamar al chofer y abandoné la casona.

~ɑ~

Encuentro a Laura desangrándose, escondida en una calleja.

- ¡Señorita! ¡Señorita! - intenta hablar desesperada pero está muy débil y asustada.

- Tranquilízate, Laura. Te llevaremos a un hospital.

- No, no. Me vieron señorita. ¡Me quieren matar! ¡Me van a matar!

- No, Laura. Quédate a mi lado. Yo te protegeré. No se atreverán a hacerte daño si estás siempre conmigo.

- ¡Oh, Dios, mi familia! Tengo padres y hermanos en el campo...

- ¡Lo sé! Lo sé. Cálmate y escucha. Todo va a estar bien. ¿Ok? Todo va a estar bien.

La subo al auto con ayuda de Vicente, el nuevo chofer. Aun no confío lo suficiente en él pero no puedo contar con nadie más.

- ¡Al hospital, de prisa!

En ese instante, dos carros negros nos interceptan. Estratégicamente cubren ambas bocas del callejón, impidiéndonos salir.

Un hombre vestido de negro sale del interior de uno de los coches pistola en mano.

- ¿Qué hace? ¿Qué cree que hace? - le grito.

Instintivamente, mi chofer levanta las manos en señal de rendición.

- Lo siento, señorita, pero hay una espía en su auto y debo llevarla conmigo- exclama el hombre de negro.

- Lo mataron... mataron al joven Antonio...- delira Laura

- ¿Qué? Laura, ¿qué dices?

Por respuesta, Laura coloca un sobre ensangrentado en mi mano.

- Dijo que no deberían huir, que sólo debían ser más rápidos.

- Laura... – el llanto me ahoga.

- Y rogó porque sea más cuidadosa. Fue su último deseo.

Laura llora y yo también. Lloramos juntas sujetando nuestras ensangrentadas manos.

- Salgan del auto con las manos en alto- ordena el matón.

- ¡Nadie saldrá de este auto! ¡Nadie! – le aclaro-. ¡Quítense del medio! Al único lugar que iremos es a un hospital, ¿me oíste?

Y estuvimos en aquella situación hasta caer el sol.

Laura ha perdido el conocimiento. Y yo ya no puedo llorar más. Entonces llega mi hermano.

- Saquen a la espía del coche – ordena a sus matones.

- ¡No! ¡No! - me aferro con todas las fuerzas al cuerpo de Laura, pero es en vano.

Los golpeo, los pateo, pero al final me inmovilizan y logran arrebatarla de mis brazos.

- ¡Laura! ¡No!

- Llévela de vuelta a casa- ordena mi hermano a Vicente.

Sus órdenes se cumplieron de inmediato, aún en contra de mi voluntad.

17

Funeral

Yo vigilada, los revolucionarios siendo capturados, Antonio muerto y Laura desaparecida.

Un resumen mal elaborado. Una lista incompleta.

Me encerré en mi habitación sin hacer nada más que llorar. Todos los días, todo el día, sin comer.

Nuevo chofer, nueva mucama.

No volveré a reunirme con nadie. No volveré a inculcarle mis ideas liberalistas a nadie más.

Mi hermano, el presidente

Nadie más morirá por mi culpa. Nadie.

Rezo todas las noches por el perdón de mis pecados.

~¤~

Los más altos dignatarios, familiares, amigos, parientes y yo, asistimos al funeral de Antón.

Incluso en su caja, con la tez pálida y el agujero en su frente, parece un príncipe, dormido para siempre.

El senador está destruido. No llora, no gime, no habla. No está con nosotros. Taciturno y lejos. A veces mira fijo al cielo. Otras al suelo.

Las personas murmuran. Dicen toda clases de especulaciones en torno al trágico asesinato del único hijo del senador.

Una mujer le disparó, llegó a la casa diciendo ser empleada del presidente y lo mató.

Laura... había desaparecido también aquel día.

100

La tarde era soleada y bella.

No puedo dejar de ver su ataúd, en pocos minutos será enterrado y todos se olvidarán de él. Ha muerto el hijo del bastardo senador.

Su padre compró para él una parcela junto a su madre, en un hermoso y apartado Jardín Memorial. Un cementerio para ricos.

¿Qué pasará ahora? ¿Quedará alguien más con vida? ¿Habrá otro Antonio entre ellos?

Una vida más sesgada sin necesidad... Tantos sueños tirados por el suelo.

- Sé lo mucho que Antón significaba para ti.

No había notado la presencia de mi hermano a mis espaldas.

- No. No lo sabes-contesto.

Mi hermano sonríe mientras recuerda.

- Siempre decías que no te casarías y que morirías sola. Pero un día me confesaste que estabas tan enamorada de Antón, que serías capaz de casarte por la iglesia, si él te lo pidiera.

-¡¿...?!

- ¿En serio no lo recuerdas?

- ¿Por qué te diría eso?

- Siempre confiaste en mí. Fue una gran sorpresa para todos cuando ustedes dos rompieron.

- ¡...! Yo... - no lo recuerdo.

- Lo siento. No debí mencionarte esto ahora.

¡Dios! ¡Otra vez estoy confundida! ¿Fui novia de Antonio y... no lo recuerdo? ¿Qué rayos está pasando?

Me siento mal... todo me da vueltas.

- Estás bien, Inés – se preocupa mi hermano-. ¡Santo Dios! ¡Necesitas comer! – me sujeta y me susurra.

- Llévame a casa- pido desfalleciente.

~ ¤ ~

Nos dirigíamos al coche cuando empezaron a salir los cuervos.

- Ya se va, señor presidente? - pregunta uno.

- Sí, mi hermana quiere descansar.

Con ayuda de los de seguridad, entro al coche.

- Señor presidente, tenemos asuntos de suma urgencia que discutir- escucho decir al secretario.

- Bueno,...

- ¿Por qué no los invitas a casa después del funeral? - sugiero.

- Pues...

- Así no me dejarás sola.

Le toma unos segundos, pero finalmente, mi hermano se convence.

- Ya escucharon, señores. Los espero en mi casa esta noche.

Mi hermano, el presidente

18

Normal

Llegamos a casa.

Mi hermano me abraza y me da un beso en la frente. Como antes, como solía hacer siempre.

- Estaré en el despacho. Sube y descansa. Yo los recibiré cuando lleguen.

Y se aleja.

Voy por el sobre que me dejara Antonio. Contiene un frasco con unos 200gr. de aquel polvo blanco.

Me dirijo con él a un lugar de la casa al que hace un buen tiempo no visito: la cocina.

Mi hermano, el presidente

Una muchacha está de espaldas a mí.

- ¿Laura?

La chica se vuelve. Es joven y bonita; parece preparar algo...

- ¿Señorita Inés? ¿No me reconoce? Soy Tita. Llevo la comida a su cuarto todos los días, soy la nueva muchacha del servicio. ¿Quién es Laura?

- O-olvídalo. ¿Qué preparas?

- Es café, para el señor presidente.

- Dámelo, yo lo llevaré.

~¤~

- ¡¡Inés!! ¡Qué sorpresa! ¡Me traes el café, como antes! - toma la taza entre sus manos-. Esto quiere decir, que todo volverá a la normalidad, ¿cierto?

Sonrío.

- Oh, Inés, no sabes cómo me alegra verte así- se sienta ante el escritorio tomando el contenido de la taza-. ¿Sabes que me haría aún más feliz? Verte comer.

- Hermano...

- Por favor, come algo- suplica y continúa tomando su café-. ¡Ah, la normalidad! Sabía que no era necesario sacarte del país.

- ¿...? ¿Así que lo pensaste?

- Más de una vez. Todos me lo aconsejaban, no encontraba otra alternativa. Pero soy egoísta. No quiero perderte. No quiero que estés lejos. Estaba convencido de que todo era cuestión de tiempo y, con unos ajustes aquí y allí todo volvería a la normalidad. Y tuve razón, ¿no?

Ajustes...

Sé por qué amo a mi hermano.

El tiempo no corre igual para mí. Por momentos estoy en un lugar, por ratos en otro. Y lo peor de todo es que, no logro recordar qué ha pasado en medio de ambos lapsos. Muchas cosas escapan de mi memoria. A veces... sólo son un sentimiento... algo que anida en mi subconsciente pero no puedo rememorarlo. Recuerdo poco y sin embargo, recuerdo a mi hermano. Siempre a mi lado.

Mi hermano, el presidente

Regreso a mi cuarto, me dejo caer sobre la cama y me sumerjo en la almohada presa del más grande dolor que ser humano puede sufrir. El dolor del alma.

¿Por qué hace daño? ¿Por qué lo hace? ¿Por qué?

Hoy es el funeral de Antonio y ni siquiera tuve el valor para verlo enterrado.

No supe cuando me quedé dormida.

~¤~

Los toques en mi puerta me despertaron. Era Tita, la nueva chica del servicio.

- Llegaron- me avisa.

- Bien.

- Preguntan por el presidente.

- Ok. Bajaré y buscaré a mi hermano.

- ¿Quiere que lo haga por usted?

- No, gracias. ¿Les has servido algo de tomar?

- Sí, algunos pidieron güisqui otros pidieron vino... utilicé las botellas que me ordenó.

- Perfecto. Has todo lo que te digo y te recompensaré.

- Muchas gracias, señorita Inés. Estoy para servirle.

Sé lo que parece; fallé a mi promesa, pero juro que haré que valga la pena.

~¤~

Encuentro a mi hermano justo donde lo dejé, en su despacho, tirado de bruces sobre el escritorio.

Me acerco lentamente. Lo despierto con delicadeza.

- Todos esperan por ti-le digo.

~¤~

Volví a mi habitación y esperé.

¿Normalidad? ¿En serio esperaba normalidad después de tanto?

Ha matado nuestro mundo. Nada volverá a ser normal.

19

Veneno

Han pasado dos horas.

No me desespero. En cualquier momento mi hermano subirá.

No tengo idea de lo que pasará. Lo más probable es que quiera matarme. Y estará bien.

Mi hermano, el presidente

Será mi manera de saldar mi deuda con todos aquellos que murieron por mi culpa o que sufrieron por culpa de mi hermano.

Mi vida por la de todos ellos. No es justo.

Por más que lo pienso, sigue pareciéndome injusto, pero mi vida, es todo lo que puedo ofrecer. Es todo lo que tengo.

Tres horas... cuatro...

Tocan a la puerta.

Respiro profundo y me preparo para lo peor.

Debes ser valiente. Sé valiente.

- Adelante.

Es él. Se acerca en silencio.

- ¿Por qué, Inés? ¿Por qué lo haces?

Me retiene la mirada.

- A veces no entiendo tu actitud- dice decepcionado-.¿Cuál es tu juego?

- ¿...? – Lo esperaba enojado. ahora soy yo quien no entiende.

- ¡Ni siquiera bajaste a despedirlos!

- ¿...? ¿Des... pedirlos? ¿Se fueron?

- ¿Acaso eres tonta? Les hablé de ti, que empiezas a actuar normal. Esperaban verte bajar, como solías hacer antes. Me has hecho quedar en ridículo.

Qué infantil era mi hermano a veces.

- Sé que no te caen bien, pero has un esfuerzo por mí. Trabajan para mí, los necesito. Me siento mal cuando alguno de ellos sugiere algo negativo sobre ti.

- Yo... Creí que tenían una reunión... algo formal.

- ¡Bah! – desdeña con un gesto de la mano- . Cuando llegué, la reunión era todo menos formal- se dirige al minibar y mientras habla se sirve un trago-. Habían tomado demasiado. No debiste pedir que les sirvieran trago. No saben cuándo parar.

- Y-ya. Debiste excusarme. No me he sentido bien, lo sabes...

Olvidaron que hoy enterraron a Antón, y se enfocaron en festejar.

Mi hermano, el presidente

"Malditos…"

- ¿Sigues aquí? – me trae mi hermano de vuelta a la realidad.

- Sí… es solo que… necesito estar sola.

Vuelve a mirarme como si me analizara, entonces deja el vaso y se marcha.

¿Qué falló? Tal vez no puse suficiente veneno en las botellas…

- ¡Ah! Dios…- que frustrante- ¿Acaso no puede salirme una sola cosa bien? ¿Una sola?

Tanta rabia e impotencia…

Pienso en la muerte de todos mis amigos.

- No. No puedo simplemente dejarlo- me digo. Y vuelvo a recobrar el ánimo.

20

Plan B

Hermano...

Entro en su habitación sin tocar. La puerta estaba semiabierta. Lo encuentro tendido en la cama viendo la Tv.

- ¿Qué quieres?- ni siquiera me mira.

Camino hasta la cama y me tiendo a su lado.

- Quiero pedirte disculpas por haberte avergonzado esta noche frente a tus invitados. Lo siento.

Guarda silencio unos segundos, luego sonríe.

- Está bien.

- Yo... aun no me recupero del todo. Ya sabes... aún me siento culpable...

- Oh, vamos... No empecemos con reproches ¿quieres?

- No quiero reprocharte. Lo he estado pensando y quiero... quiero visitar la cárcel.

- ¡...! ¡¿Estás loca?!- se sienta sobre la cama de un brinco.

- Hermano...

- ¡No!

- Pero es que...

- ¡No! ¡Y no!- vuelve a tenderse y sube el volumen del televisor, el semblante enfurruñado como un niño malcriado.

Está muy molesto. Me incorporo lentamente.

- ¿Has perdido el juicio por completo?- dice después de apagar la televisión-. La cárcel es el lugar más peligroso para alguien como nosotros. Allí se encuentran mis peores adversarios.

-¿No lo entiendes? Muchas personas me han hablado mal de ti, de cosas que les haces a esas personas encarceladas.

- ¿Pero qué dices? ¡Son mis enemigos! ¡No me importa lo que les pase!

- ¡Pero a mí sí! No dejo de pensar en ello y me siento culpable! - empiezo a llorar.

- Ya, cálmate.

- Dices que quieres que coma, pero es que no tengo apetito... ¡la culpa me consume!

- Ya. Ya- vuelve a la cama-. No debes matarte de hambre por esos necios. Te prometo que esas personas sólo están encerradas allí. Nada más.

- ¡Por eso quiero ir!¡Quiero confiar en ti! Si confías en mí, permite que lo vea con mis propios ojos. Así tendré algo de paz.

- No puedo someterte a tal peligro. Lo siento.

- Eres el presidente. Puedes hacer lo que sea. Has que sea seguro.

Y abandono la habitación.

Dejo la puerta entreabierta y espero . 20 segundos,... 30.

- ¿Coronel, hay alguna ala de la cárcel que sea de máxima seguridad y no se vea patética? Es mi hermana... posiblemente vaya con ella a visitarlos.

Bien. Muy bien...

Bajo a la cocina por algo de comer. Necesitaré energías para lo que viene.

21

Revolución: nivel dios

Al día siguiente, mientras trabajaba en el palacio, mi hermano fue interrumpido por el secretario.

Tita había llamado para avisarle que yo había cenado anoche y desayunado hoy, y el secretario detuvo la reunión para entregar el mensaje al primer mandatario.

Entre la lista de prioridades que el presidente había entregado a sus empleados, mi salud ocupaba el primer lugar.

~¤~

Mi hermano, el presidente

Laura...

"Tenía razón señorita... no me dispararán mientras esté a su lado."- había dicho aquel día mientras se desangraba en mi carro.

Pienso mucho en ella.

No la pude proteger. No puedo proteger a nadie.

Todo aquel que se me acerque, será marcado... y morirá.

~¤~

Prometí recompensar a Tita, así que le presté mis ropas, le di algo de dinero, la subí a mi coche y le asigné al chofer todo el día.

- Pero... ¡señorita! - quiso replicar el chofer.

- Tranquilo. No pienso salir de casa en todo el día. Llévala donde ella te diga. Diviértanse. Esa es mi orden.

Y los observé partir a través de mi ventana.

En efecto, poco después de atravesar el portón, un coche negro salió de la nada y los siguió.

Lo sabía... mi hermano aún me vigila.

Volví a vestir como una adolescente y me escabullí de casa, burlando a los guardias como la mejor espía.

Muchas personas habían muerto por mis descuidos, a partir de ahora, pondría en práctica mi ingenio y las enseñanzas de Antonio.

- Antonio...- el capítulo más extraño de mi vida-. No te defraudaré.

~ ¤ ~

Como muchos, observo las ruinas de la destrozada iglesia. Otro curioso se acerca.

- ¿Por qué me llamaste? – Pepe habla junto a mi sin mirarme.

- Debía hablar con uno de ustedes- tampoco lo miro-. No sé quién sigue vivo... ni qué ha pasado después que Ant... después de su muerte.

Mi hermano, el presidente

- ¿Muchos han muerto desde entonces. ¿Como supiste localizarme?

- Él me enseñó. Tuve mucho cuidado.

- No es seguro hablar aquí.

Deja caer un papel arrugado y se aleja.

~¤~

Siguiendo la pista que me dejara Pepe, llego a una casa abandonada en las profundidades de un paupérrimo barrio.

Él me esperaba.

- Muchos de los nuestros cayeron ese día. No sé cómo hicieron, pero ¡los conocían! Sabían quiénes eran, incluso dónde vivían. Los buscaron, los cazaron, muchos lograron escapar. Entonces apresaron a los cercanos: Vecinos, amigos, parejas o parientes. No teníamos ningún dato de ti. No había manera de comunicarnos contigo. Creí que habías muerto.

- Significa eso que los demás…

- Aun somos suficientes. Estamos decididos a acabar con esto.

- ¿Tienen un plan?

Me lanza una mirada decidida.

- Tenemos uno. Atacaremos la casa del presidente.

- ¿De nuevo?

- ¿Perdón?

- No son el primer grupo que muere en el patio de la casa presidencial. ¿Y cómo sabrán si el presidente estará allí el día que decidan atacar?

- ¿Tienes una mejor idea?

- Sí... Creo.

- Soy todo oídos.

- Antes que nada debo advertirte. Estoy siendo intervenida, vigilada y perseguida constantemente por los matones del presidente. Con solo estar aquí ya estás en riesgo de morir. Si apoyas mi plan, morirás con toda seguridad.

Entonces me mira con una firmeza que asusta.

Mi hermano, el presidente

- Es obvio que no me conoces, pero soy el mejor tirador y escapista de esta organización. Riesgo al máximo, ¿recuerdas? ¿Acaso crees que fue de Antonio esta idea?

- Entonces hablemos. Sin miedo a la muerte.

- Sin miedo a la muerte.

~ɒ~

- ¿Tenemos armas?¿Municiones? ¿Explosivos?

- Tenemos. Pero Antonio siempre optó por lo pasivo. Por eso cuando te hablé de atacar la casa del presidente, no hablaba de una inocente protesta- me enseña el arma en su cintura- ¿Tienes una?

- N-no... yo...

Coloca su arma en mis manos.

- Ahora es tuya.

Siento el frio del hierro lastimar mi piel y cierro los ojos.

- ¿Te da miedo?

Asiento avergonzada.

- Nunca dejes de apuntar – me obliga a empuñar con firmeza el arma-. Cuando sientas miedo, cierra los ojos y dispara.

Mi hermano, el presidente

22

Efecto lento

No sólo en apariencias, Pepe era un revolucionario violento. Así que le hablé de mi plan, en nuestro segundo encuentro.

- ¿Sabes si Rubén vive? – le pregunto.

- Sí, vive. Está en la cárcel. Él y la mitad de los nuestros.

Mi hermano, el presidente

- Quiero sacar a Rubén. A todos.

- ¿...? No hay manera de salir de allí

- Entonces la destruimos. Si nadie puede salir, nadie debe volver a entrar. ¿Tienen contactos adentro?

- Dos de los guardias son nuestros... sólo dos. Hay más de 50 guardias armados allí.

- Habrá 100 mañana.

- ¿Qué?

- Créeme. Doblarán la seguridad.

- ¿Y quieres hacer esto, cuando hay menos posibilidad de sobrevivir?

- Confía en mí. No tendremos una mejor oportunidad. Si logramos liberar a los presos y les damos armas... ¿pelearan con nosotros?

- Pelearan.

- ¿Ves esa idea tuya de atacar la casa presidencial?

Asiente.

- Ataca el Palacio Gubernamental.

- ...

- Mañana, justo después de destruir la cárcel.

- Pero, Inés... ¿qué estás diciendo? Atacar el palacio... ¡nos caerá la milicia entera encima!

- ¡No si no pueden alertarlos!

- ¿C-cómo...?

- Deben dar la voz de alarma, sólo entonces se movilizará el ejército.

- ¿...?

- Voy a decirte ahora cómo lo haremos, pero antes que nada hay algo que te quiero confesar.

- ¿...? – me mira expectante.

- Sé que confías en mí porque sabes que también lo hacía Antonio, y sé que como a él, ciertas... "cosas" en mí pueden generarte una que otra... interrogante. No soy quien crees que soy, Pepe. Y si vamos a correr este riesgo juntos, lo justo es que sepas realmente con quién lo haces.

Mi hermano, el presidente

Deberás guardar mi secreto hasta la muerte.

~¤~

Estoy lista.

Bajo por el ascensor de la casa. En el primer piso, me topo con Tita.

- ¿Sabes si mi hermano está listo? - le pregunto.

- Sí. Fue al despacho.

Me dirijo al despacho. Hasta el pasillo llegan los gritos de mi hermano, al teléfono.

- ...¡¿El ministro de la policía?! ¡¿Mi secretario?! Pero... ¡¿cómo?! ¡¿El procurador también?! P-pero... ¡No entiendo! ¿Como hormigas? ¡¿Cayeron como hormigas, imbécil?! ¡¡¡Se supone que debían cuidarlos!!! ...Enve... ¿Envenenados?

¡Ay, Dios! ¡Me ha descubierto! ¿P-pero qué...? ¿Cómo es posible? Si hace días que... ¡Efecto lento! ¡Un veneno de efecto lento!

Debo huir... Pero ¿y Pepe? Nuestro plan... ¡De ningún modo abortaré nuestro plan!

- ¡¡¡INÉS!!! - lo escucho gritar.

Claro que no iré. ¡Mi habitación! ... por las escaleras... n-no... ¡por el ascensor!

- ¡¡¡INÉS!!!

Vamos ascensor, cierra, ¡cierra!

~ ¤ ~

Entro a mi habitación a toda prisa y cierro con seguro.

- ¡Dios! ¡Dios! ¿Qué hago? - Cálmate, Inés. ¡Cálmate!

Piensa, ¡piensa!

- Ok... ok. Seguiré el plan - ¡Sólo sigue el plan!- Tenía todo planeado para un momento como este. ¿Dónde puse las jeringas?

- ¡Inés! ¡Abre la puerta! - grita mi hermano desde afuera- ¡Abre ahora!

Busco por todos lados. Las jeringas estaban en una de mis gavetas.

Mi hermano, el presidente

- ¡Rápido, rápido! - preparo la jeringa con el líquido que me dio Pepe.

-¡Inés! ¡Abre!

Abro, y una fuerte bofetada cae en mi rostro como plomo.

- ¡Ah!

Caigo al suelo aturdida, jeringa en mano. Él me observa cegado por la ira.

- ¡Maldita! - grita y se abalanza sobre mí.

Clavo la aguja en su cuerpo en la primera oportunidad.

- ¡Argh! - se queja y se arranca la jeringa-. Eres una...

Entorna los ojos y se tambalea. Aprovecho para levantarme a toda prisa.

- ¿Que me...? - su voz suena estropajosa-. Me   enve...   envenenasssste... tammmmbién....- cae de rodillas.

- ¡¡Ah!!! - escucho a alguien gritar desde la puerta.

¡Es Tita! Ha visto todo.

-¡Tita!

Tita huye. Salgo tras ella mientras mi hermano cae pesadamente sobre la alfombra.

- ¡Tita, detente! - la agarro en mitad de las escaleras. Ambas sofocadas, sin aliento.

- ¡No! ¡No, señorita! ¡Por favor, no me mate! - llora.

- ¿Qué? ¡No te voy a matar! ¡No te voy a matar!

- ¡Por favor, se lo pido! - está histérica.

- ¡Cálmate!

- ¡Juraré que no vi nada! ¡Se lo juro! ¡Se lo juro!

La abofeteo.

- ¡Cálmate y escucha! - le ordeno-. Necesito tu ayuda, ¡necesito que me ayudes! ¿Ok?

- U-usted... ¡mató a su hermano...!

- ¡No! ¡No está muerto! Sólo está dormido... sedado. ¿Sabes lo que es un sedante?

- ¿V-va a matarme?

- ¡Ah, ya cállate con eso! ¡No te voy a hacer daño! ¿Entiendes?

- ....- pero Tita continúa temblando, mirándome desorientada.

- Ven conmigo.

- ¡N-no...!

- ¡Pues entonces escucha! Dormí a mi hermano porque él iba a matarme a mí. Y cuando despierte, tendrá más razones para hacerlo.

- ...

- Liberaré a los presos. Destruiré la cárcel.

- ...¿L-la cárcel...?

- Sí.

- M-mi padre y mi hermano... ¡están ahí!

¡Dios! Tita también es otra víctima.

- Escucha, Tita... conozco muy bien a mi hermano y sé qué clase de persona es él. Casi podría jurar que no estás aquí por tu propia voluntad. Yo sé cómo las trae aquí. Y sé que cada una de ustedes, también tiene su historia. Lo que estoy haciendo ahora, es tratar de ayudar a las personas como tú.

- ...Ellos... Ellos llegaron... están afuera esperando... p-por usted y su hermano...

La suelto lentamente.

- Ahora soy una traidora. Estoy contra el régimen. Puedes salir y denunciarme... o ayudarme a acostar a mi hermano en su cama.

Mi hermano, el presidente

23

Comida para presos

Nos tomó 15 minutos arreglarlo todo.

Laura vivía en el campo con sus padres, cuando un fatídico día, llegó el presidente con su séquito para inaugurar una plaza. El pueblo estaba de fiesta, también Laura y allí la vio mi hermano.

Pidió traer a la chica y bailó con la humilde campesina toda la noche. Laura se sentía como la cenicienta que encuentra a su príncipe y él la hizo sentir como una princesa. Estuvo en el pueblo durante dos días, en los cuales, visitó y habló con la familia de Laura.

Les prometió llevarla con él a la ciudad y volver por ellos el día de la boda, así las cosas los padres entregaron a su hija. Ella estaba radiante de felicidad pero sus padres, la miraban con agonizante tristeza.

Con el tiempo la ingenua Laura sabría que sus padres no podían decirle "no" al presidente so pena de muerte.

Mi hermano la trajo hasta nuestra casa donde la convirtió en su amante y su sirvienta. Nunca habría boda. Ahora Laura lo sabía. Sin embargo, el gobierno cubría todos los gastos de Laura y su familia. Laura se sentía comprada, utilizada y desechada. Cargó con esta humillación hasta el fin de sus días.

Ella misma me lo contó sosteniendo mi mano, aquel día en que nos encontrábamos atrapadas en mi auto.

La historia de Tita tuvo un giro diferente, pues su padre se atrevió a decirle "No" al presidente y también lo secundó su hermano. Ambos fueron encarcelados.

-Si los ve, vivos o muertos, cualquier noticia... quisiera saberlo- sujetó Tita mi mano.

Finalmente, Tita se había convertido también en la amante y sirvienta del presidente. Tenía sólo 19 años.

- Ya sabes- le recuerdo-, cada vez que se queje quiere decir que va a despertar. Lo inyectas de nuevo. Y así, hasta que yo regrese.

- ¡Y si muere!

- Entonces, me hechas la culpa de todo. Estoy perdida de todos modos.

~¤~

Ambas salimos de casa.

Todo el séquito y la limosina nos esperaban.

- ¿Dónde está el presidente? - me cuestiona el ministro de defensa al verme.

Mi hermano, el presidente

- Está muy mal. Debe saber usted sobre las muertes de...

- Sí, me lo acaban de informar.

- También a él. Por eso el retraso. Estaba como loco y tuve que darle un calmante.

- Deberíamos cancelar la visita.

- Me pidió que no lo hiciera. Dijo que hizo muchos arreglos para mí.

El ministro hace una pausa. Me sostiene la mirada unos segundos, reflexiona, y luego se vuelve hacia los demás.

- Usted y usted - señala a dos jefes de unidad respectivamente-. Acompañen a la señorita. Los demás permanecen aquí conmigo; custodien al presidente.

- Puede ir tranquila, señorita Inés – el ministro me acompaña de la mano hacia la limosina- Nosotros cuidaremos de su hermano mientras vuelve.

- Muchas gracias, ministro. Le pedí a Tita que se mantenga a su lado.

El ministro lanza una mirada a la joven mucama de pie en la entrada.

- Bien- me asegura.

Apenas entro al auto, un guardia se acerca al ministro y secretea algo en su oído.

- Señorita... - se dirige nuevamente hacia mí el ministro-. Hay un camión afuera dice que usted lo solicitó...

- Comida para los presos. Así es- lo interrumpo con propiedad-. Llegan un poco tarde. Dígales que nos sigan.

- Pero señorita... debemos revisar el camión primero. Su hermano no mencionó nada de eso.

- Debió olvidarlo, comandante. Si quiere revisarlo. Revíselo, pero hágalo rápido

- Vamos muy retrasados- les recuerda uno de los matones.

- Bien. De todas formas, será revisado antes de entrar a la prisión.

Y me deja marchar. No soy su prioridad. Poco le importa que alguien me mate. De hecho, no me sorprendería si él personalmente lo intentase.

Mi hermano, el presidente

Atravesamos el portón del ala este. Los dos jefes de unidad viajan junto a mi en la limosina. Un auto negro nos sigue detrás y otro nos guía al frente.

Veo el camión seguirnos a una distancia prudente. El mismo Pepe en persona conduce.

24

Tentar a la suerte

Una vez se lo dije a mi hermano, si matas a uno, vendrá otro y otro...

Esto refiriéndome a Antonio como la revolución. Y los hechos me han dado la razón. Perdí a todos mis compañeros, y sin embargo aquí voy, el destino me ha rodeado incluso de compañeros aún más arriesgados.

La revolución somos todos.

La revolución soy yo.

Mi hermano, el presidente

Así que el veneno finalmente surtió efecto... Lento. Muy lento, pero seguro.

Después del primer susto, pienso que tuve mucha suerte. De haber muerto todos, aquel mismo día, no hubiese hecho lo que planeo hacer ahora.

Dios está conmigo o tengo demasiada suerte.

Como sea, hoy se acabará.

Si no muero en este intento, seguro que mi hermano me mata.

~ɒ~

Llegamos a la cárcel. Atravesamos la verja, cruzamos el portón y detuvimos los autos en medio del enorme patio frontal de la prisión. Nadie nos revisó nada.

En el patio, una docena de guardias alineados nos esperaban.

- Bienvenida señorita, Inés- salió a saludar el oficial al mando-. Director General de la prisión teniente Vizcaya, a sus órdenes.

- Gracias, teniente.

- Espero que aprecie nuestro trabajo reformatorio.

- No tengo la menor duda.

- Lamento lo que acaba de suceder. Escuché que su hermano... está algo indispuesto.

- Se pondrá bien. Es un hombre fuerte. Pero entenderá que llevo prisa, vine porque él insistió en que lo haga. Deseo volver a casa antes de que despierte.

- Comprendo, señorita. En ese caso, iniciemos el recorrido. Por cuestiones de seguridad limitaremos la visita únicamente a algunas áreas protegidas.

- Traje alimentos para los presos- señalo al camión.

- Oh, me aseguraré de que lo reciban.

- No. Yo, personalmente, me aseguraré de que lo reciban.

- Bien... En ese caso...

Entonces ordena a otro oficial, conducir a los presos al comedor.

Mi hermano, el presidente

Recorrimos los patios, las oficinas y nada más.

- ¿Me llevaran a las celdas?

- No. Las ordenes de su hermano fueron muy claras. Su seguridad es lo primero.

-También traje regalos para ustedes- le informo.

- Oh, señorita, Inés. No debió molestarse.

- Mi hermano opina lo contrario. Fue él quien lo sugirió.

Y ordeno a Pepe desmontar toda la carga:

Cactus en macetas directos de Azua, ideal para decorar escritorios y estantes de las oficinas de la cárcel.

Mando a colocar macetas en cada oficina, en cada área o instalación donde veo una mesa o estante. Dos macetas en el escritorio del teniente Vizcaya y una sobre su archivador.

Cajas de alimentos que 4 revolucionarios disfrazados de repartidores dirigidos por Pepe, ayudan a cargar hasta el interior de la cárcel.

Los repartidores y Pepe fueron cateados. Incluso las primeras cajas, fueron abiertas y aprobada su carga. Y como todo estaba en orden, la repartición de alimentos fue autorizada.

Yo, observo desde una parte privilegiada a la que me llevó bien custodiada el teniente Vizcaya. Una parte alta, con vista al comedor.

Los presos lucen cansados y tristes, pero limpios en sus uniformes recién comprados.

Trato de buscar entre ellos caras conocidas pero son demasiados y estoy algo apartada.

- ¿Son todos los presos?

- Los menos peligrosos. Sí.

~¤~

Entonces, me parece ver a Rubén.

¡Cielos! Ni siquiera estoy segura de que sea él. Increíblemente flaco, todo barbudo y la cabeza raspada.

Mi hermano, el presidente

Me mira desde su asiento... ¡como si quisiera matarme! Y es entonces cuando me doy cuenta de que ¡todos los presos lo hacen! Tiene sentido. Para ellos sólo soy la hermana de su verdugo.

Pepe también me mira. Espera mi orden.

- Ya puede entregar los alimentos- sugiero al teniente.

Vizcaya repite la orden y los revolucionarios se apresuran a ejecutarla.

- Dígales a sus hombres que se retiren, mis oficiales se encargan.

- Déjelos que ayuden, para eso les pago- digo tajante.

Y así fue como infiltré revolucionarios y minamos el lugar. Habíamos insertado bombas en las macetas decorativas, cuchillos sin mango debajo de las pizzas. Municiones y explosivos en el interior de los panes.

Ellos no lo sabían, pero la cárcel ya era nuestra.

~ ¤ ~

El director y un grupo de oficiales me acompañan hasta la salida.

- Gracias por los adornos, lamento que su visita haya sido tan corta.

- Pero sustanciosa. Me alegra mucho saber que maneja usted este recinto tan bien. Le prometo hablarle sobre su trato a mi hermano.

- ¡Oh, bueno, sólo cumplo con mi deber!

Salgo escoltada por todos mis guardaespaldas, incluyendo a Pepe y los repartidores.

- Es extraña tanta tranquilidad... Temí que los reos aprovecharan el momento para hacer un motín-. Comenta uno de mis guardias mientras nos dirigimos al auto.

- También yo- dice otro-. También yo...

El chofer no había encendido aun la limosina, cuando escuchamos gritos y gran alboroto provenientes del interior de la prisión.

- ¡¿Pero qué...?! - mis guardias se alertan.

Los demás salen de sus autos.

-No se detengan. Repito, no se detengan. -. indica mi guardaespaldas por la radio a los de afuera-. ¡Vuelvan a los autos! Salgamos de aquí. Protejan el paquete. Repito, ¡protejan el paquete!

La confusión aumenta, guardias de la prisión corren armados hacia el edificio; otros hacia nosotros, protegen nuestros autos, cubren nuestra salida; los demás rodean la prisión, aseguran las puertas.

Los míos, se apresuran a cumplir la orden del jefe. De pronto, Pepe y los demás sacan ametralladoras y armas de gran calibre de debajo del camión y comienzan a disparar a cuanto humano tienen en frente.

Mis dos guardaespaldas intentan reaccionar, pero ya he sacado mi pistola del bolso y les disparo a ambos en la cabeza.

- *Si les disparas en el pecho, probablemente les des en el chaleco-*. Me había instruido Pepe-. *No podrás fallar si los tienes desprevenidos y en frente.*

No me tembló el pulso, hasta después, cuando los vi muerto.

Mi chofer sale huyendo, una ráfaga de Pepe le impide llegar lejos.

Todo pasa en fracciones de segundos, se escuchan disparos ahora, provenientes de todas partes.

Un hombre de Pepe ha caído, los demás, acabaron con todos los míos. Están apostado tras el camión, y disparan a toda alma que se asoma con uniforme militar.

Yo estoy en estado catatónico, cubriendo mi cabeza agachada en el interior del auto, rodeada de cadáveres.

- Inés, debes irte antes de que esto empeore- me aconseja Pepe abriendo la puerta de mi limosina.

No entiendo bien sus palabras.

-¡Inés! ¿Estás bien?

- S-sí, sí... yo...

Pepe me hala fuera del auto. Me lleva entre balas y cuerpos a uno de los coches negro; pone el auto en marcha y me saca del recinto abriéndose paso a tiros y a la fuerza.

- Toma el volante- me ordena-. Debo volver con ellos. ¿Estás segura de que estás bien?

- Sí. ¡Pepe! No hemos tenido tiempo de discutirlo pero mi hermano...

Una enorme explosión hace que Pepe se cubra y que yo calle.

La guerra que se desata en el interior del recinto, se expande vertiginosamente hacia afuera.

Rápidamente tomo el volante.

- ¡Vete, ve! - me grita Pepe - ¡Nos vemos en el palacio!

Y conduzco el auto sin haber podido explicarle que mi hermano me ha descubierto y no se encuentra en el palacio. Nuestro plan peligra.

Debo volver a casa.

25

El principio del fin

He llegado a casa, el patio está repleto de guardias. Al ver el auto negro los guardias se apresuran a abrir el portón. Fuera de esto, ninguno de los agentes de seguridad me hizo el menor de los casos. Un mal presentimiento me recorre el alma.

Me estaciono en la misma entrada, abandono el coche jadeante, desaliñada y salpicada de sangre me introduzco en la casa.

- ¡Ah!

Mi hermano, el presidente

Ahogo un grito de terror apenas entrar a la sala. El cuerpo de Tita cuelga del candelabro. Las manos atadas a sus espaldas. Ahorcada.

- ¡Tita!

Estoy tan conmocionada que no noto cuando los hombres de negro me rodean.

-¡Pero que han hecho!

Me sujetan, me sacan nuevamente de la casa y me suben de vuelta al coche.

-¡Suéltenme! ¿Dónde está mi hermano? ¡¿Qué creen que están haciendo?!

Aún tengo la pistola en el bolso y dos cargadores extras, pero ellos tienen sus armas en las manos.

Lo que ocurre es obvio. Finalmente, mi hermano ha decidido matarme.

~¤~

Me condujeron hasta el palacio.

Dos guardias abren la puerta, me extraen del auto y me escoltan por los pasillos hasta el ascensor.

Estoy siendo degradada. Supongo que ya no disfruto de privilegios. Así es como sabes que todo está llegando a su fin. Tus actos, lo que has sembrado, se vuelve contra ti.

Mientras avanzo todos me miran de forma extraña... tal vez por mis fachas. No parecen saber lo que en realidad pasa.

Me introducen en el ascensor. Ellos delante de mí. ¡Ja! Me dan la espalda, ignoran que estoy armada.

No permiten que nadie más suba con nosotros y presionan el botón del último piso.

- Estamos subiendo con el paquete- avisan por la radio, pero en cuanto el ascensor comienza su ascenso, saco mi arma y les disparos dos veces a ambos. Dos balas en la espalda.

- Estos no tienen chaleco.

Detengo el ascensor. Es el tercer piso, así que tomo las escaleras. De nuevo desciendo. Control de seguridad está en el segundo piso, me dirijo hacia allá mientras recargo mi pistola. Dispongo de poco tiempo antes de que empiecen a buscarme.

~¤~

Antes de volver al pasillo, guardo nuevamente mi arma. Pese a mi desaliño y acciones aceleradas, nadie me detiene. Significa que no han dado la voz de alarma, significa... que mi hermano está manejando "nuestro asunto" con discreción.

~¤~

Dos nerds y dos guardias se encargan del manejo de la sala de control. Los cuatros están sentados frente al panel monitoreando las pantallas.

Entro y todos voltean a mirarme. Me habían visto llegar por el pasillo a través de las cámaras.

- ¿Qué hace aquí, señorita Inés? – pregunta uno de los guardias-. Pérez, llévela con el presidente- ordena al de menor rango.

Pérez se levanta dispuesto a cumplir la orden, pero se detiene al verme sostener el arma.

- Señorita Inés...

- ¡Nadie se acerque!- grito amenazante.

- S-señorita… No necesita usar esa pistola. Nadie quiere hacerle daño. Sólo debe ir a hablar con su hermano- aclara uno de los nerds.

- No iremos a ninguna parte- les aseguro.

El de mayor rango aprovecha mi distracción y saca su arma. Le disparo. El de menor rango intenta sacar su arma obligándome también a matarlo. Los dos nerds se rinden en el acto.

- ¡No dispare, señorita! ¡No estamos armados! – suplican.

- Sé que los gorilas de mi hermano ya vienen por mí, así que no me entretengan. Desconecten todo. Las cámaras, las alarmas, las puertas, las rejas... ¡todo!

- No podemos hacer eso- asegura uno

Le disparo dos veces a las piernas y me vuelvo hacia el otro.

- Que hay de ti, ¿crees que puedas?

- ¡Rayos!

-¡Desconecta todo! ¡¡Ahora!!

Obedece.

Veo los guardias acercarse a través de las cámaras.

- ¡Rápido! ¡Rápido! – apresuro al tarado.

- ¡Listo! ¡Todo está desconectado!

- Gracias- disparo todas las balas que quedaban en el cargador al panel de control. Nadie más puede volver a utilizarlo.

Recargo la pistola. Es el último cargador y salgo a toda prisa colocándola en mi bolso.

~ ¤ ~

Casi tropiezo con los 8 gorilas. Ocho... todos armas en mano. Las personas corren o despejan el camino al verlos.

Abandono el pasillo a toda prisa y vuelvo a las escaleras.

Subo hasta el quinto piso, pero tan pronto abro la puerta, 4 gorilas me detienen.

Esperaba huir hasta que llegaran los otros, pero evidentemente no puedo. ¡Están por todos lados!

No me resisto. Ya no vale la pena.

Me escoltan hasta la oficina de mi hermano. Me dejan entrar y permanecen fuera.

Mi hermano, el presidente

26

Exilio

De pie en medio del despacho, él me observa.

Está imponente, vestido de traje sentado en aquel elegante sillón detrás de su enorme escritorio. Pero está pálido, sus ojos enrojecidos, enormes ojeras... deshidratado.

- Inés... Inés...- suspira profundamente, retira sus lentes recetados-. Nuestra madre siempre dijo que para ser una niña, eras demasiado traviesa.

- ¿Me vas a regañar?

Mi hermano, el presidente

- ¡No me contestes como si tuvieses derecho a hacerlo! - grita manoteando el escritorio-. ¡Eres una estúpida! – se pone de pie.

Aprieta los puños en silencio. Actúa como si le doliese algo por dentro.

- Tuve miedo- dijo y se le quebraba la voz-. De todos tuve miedo. Pero nunca creí llegar a temer a mi propia hermana... sangre de mi sangre. ¿Eres tú quien me destruyes?

Bajo la mirada apenada.

- Eres tú quien se auto destruye... pero no lo puedes ver.

- ¡Cállate! Te he dado todo, ¡TODO! Siempre lo mejor. Nada tienes que envidiar. Te he querido, has contado siempre con todo mi apoyo. ¿Y qué recibo en cambio? ¡Jamás te di un motivo para traicionarme!

- ¡Te di la oportunidad de cambiar! ¡Te pedí! ¡Te supliqué!

- ¡Soy el presidente de este país! ¡Maldición! ¡¡¡Yo soy el presidente!!! - grita fuera de si- Teníamos algo bueno aquí, estoy organizando, ¡estoy cambiando a este país! Y tú quieres que renuncie a eso, ¡¿Por qué?! ¡No hay otra forma de corregir! No podemos cambiar nada si no estamos dispuestos a sacrificar, ¡si no queremos sufrir!

- Admítelo, hermano. Por favor, hazlo. Acepta que el poder te ha segado. Quizás iniciaste algo bueno pero, todo se te ha salido de las manos.

- No. No todo.

Vuelve a sentarse y pide por el intercomunicador hacer pasar al senador.

Segundos después, el aludido hace acto de presencia.

- ¿Señor presidente?

- Proceda, por favor, senador.

El senador lee en voz alta unos papeles. Me acusa de conspiración contra el gobierno y me condena, según las leyes vigentes, al exilio.

- ¿Exilio?

- Si te hubiese enviado lejos mucho antes, no me habrías causado tanto dolor.

- ¿A dónde vas a enviarme?

- No sé a dónde irás. ¡No sé ni quiero saberlo! El senador se encargará de todo.

- Tranquila, Inés. Me aseguraré de que, a donde vayas, nada te falte- asegura el senador con voz fraternal-. Nuestros hombres te escoltarán inmediatamente hasta el aeropuerto.

- No lo creo. Hay un lugar al que iré- saco mi arma y le apunto al presidente-. Y sé muy bien cuál es.

27

Intocable

Veloz como un relámpago, el senador me golpea el bajo vientre con su puño, pierdo el aire y el equilibrio; en un segundo me desarma y me apunta con mi propia pistola. Jamás hubiese imaginado tantos bríos en un hombre de su edad.

- ¡Espera! - mi hermano evita que hale el gatillo y luego se vuelve hacia mi-. ¿Ibas a matarme? - su voz se ha vuelto a endurecer-. ¡Responde! ¡¿Ibas a matarme?!

- ¡Eres un imbécil!- le grito-. Han muerto tantos... Tantos... -otra vez me duele dentro-. Todo se habría evitado con tu muerte. Pero aunque pude matarte tantas veces… no lo hice- vuelve a embargarme el llanto-. No lo hice… no pude… no puedo… ¡Eres mi hermano! Pero ya no soporto más todo esto. Tú mueres y yo muero. Así es como termina.

- ¿Pero qué estás diciendo? Tu mueres yo muero…-luce consternado e incrédulo- ¿Pero qué te hicieron? ¿Qué mal te he hecho? Acabaste con la mitad de mi gabinete. Destruiste la prisión. ¡Mis enemigos! Te dije que eran mis enemigos. Pero, que tonto he sido. Persiguiendo al enemigo… y mi enemigo ha estado todo este tiempo ¡en mi propia casa! Y ahora… ¿qué es lo que dices que quieres? ¿Mi muerte y tu muerte? acaso planeas… ¿¡matarnos a ambos!?

- No merecemos vivir… tú lo has dicho: He sido tan culpable como tú.

- Él es el presidente, señorita- me aclara el senador.

- ¡Él mató a Antón!- le escupo en el rostro.

- ¿...?- Incluso a mí, me ha sorprendido la cara de perplejidad que ha adoptado de pronto el senador-. ¿Qué...?-   Se vuelve intrigado y desencajado hacia mi hermano-. ¿Mataste a mi hijo?

- Tranquilízate ¿quieres? Tu hijo era un traidor.

El senador baja el arma, deja de apuntarme para volverse hacia el presidente.

- Tu hermana también, y nunca osé tocarla.

- ¿Entonces sabías...?

- Siempre lo supe. Pero al igual que Inés, ¡no podía dañarle! ¡La familia es intocable!- le apunta ahora a mi hermano -. Mi pobre Antón... ¡Era todo lo que tenía!- expresa al borde de las lágrimas

- ¿Y vas a matarme por eso? Destruiste a muchos padres, has matado a muchos hijos.

-   ¡Miserable! – grita el senador amenazante.

Lloro aterrada. mi hermano está a punto de ser asesinado frente a mis ojos, ¡por mi culpa!

- Baja el arma y hablemos. Si me matas, no saldrás vivo de aquí.

- ¡No me importa!

- Inés, llama a los guardias - me ordena.

Quiere que lo salve, pero no me muevo. El llanto se apodera de mis entrañas. ¿Debería salvarlo?

- ¡Ve!

- ¡No! - le grito- ¡No! ¡No! - trato de convencerme a mí misma.

- Salga, señorita - me pide el senador con voz serena y acongojada-. No tiene por qué ver esto.

- Inés... - suplica mi hermano-. ¡Inés!

Recojo mi bolso...y salgo lentamente.

- ¿Vas a dejar que maten a tu hermano? - fueron sus últimas palabras.

~¤~

Atravieso la puerta y los guardias me observan sorprendidos y contrariados. Entonces, se escucha una detonación. Dos... tres disparos. Caigo de rodillas y, sintiendo que mi corazón se desprende, un grito desconsolado atraviesa mi garganta.

Los gorilas sacan sus armas y corren hacia el interior del despacho. Pasan junto a mí. Me ignoran.

Más disparos, quejidos del senador. Lo han matado.

Un segundo de silencio eterno. Pasos apresurados.

- ¡El presidente!- alguien exclama-. ¡Está muerto! ¡El senador lo ha matado!

Y de pronto, gritos y confusión en los pasillos de todo el palacio.

Las personas parecen correr desesperadas, y sin embargo, inexplicablemente, mis ojos perciben todo en cámara lenta.

- ¡Detengan a la señorita Inés!- alguien grita y me esposan.

Mi hermano, el presidente

Me sacan del palacio entre el tumulto, el alboroto y el sonido de explosiones y disparos.

- ¡¡Están atacando el palacio!!

Con las manos esposadas a mi espalda, me arrastran hasta el parqueo soterrado situado en el ala sur.

Me tiran de bruces sobre el coche como una delincuente.

- ¡Revísenla!

Me arrancan el bolso, me tocan por todas partes. No pienso resistirme. Para mí, todo ha terminado.

- *¡¡Nos están atacando!! ¡¡Repito, nos están atacando!!!*

Las radios no paran de emitir.

- ¡¡Alerten a los militares!!

- *Las alarmas no funcionan. ¡¡Estamos incomunicados!!*

Explosiones y disparos sin cesar.

-¡¡Están dentro!! ¡¡Violaron la seguridad!!!

- ¿Los revolucionarios?

- ¡¡Todo el pueblo!!! ¡¡Todo el pueblo se ha levantado en armas!!

Se corta la comunicación.

- ¡Vamos! ¡¡Vamos!!

Los gorilas huyen y me dejan allí, atada sobre el capó de aquel auto.

~ ¤ ~

Todo el pueblo en armas. No hay nada más fuerte que eso.

- Antonio...

Escucho un gorila correr hacia mí de regreso.

- Suelta el arma o la mato- amenaza a alguien mientras me apunta.

El estruendoso sonido de un disparo retumba y el pesado cuerpo del gorila cae sobre mí.

Mi hermano, el presidente

Continúo allí, inmóvil. Pisadas que se acercan, otra vez.

"Esto acabará pronto"- me dije cerrando los ojos, recostándome, relajada.

Alguien me quita al gorila muerto de encima.

Unas manos firmes tiran de mí y me encuentro de frente con el rostro, envilecido por la ira, de Rubén.

- No se mueva, señorita...- me ordena.

Me tira contra el piso.

- De rodillas- exige.

Hago lo que me pide y me apunta a la cabeza.

Estoy tranquila. Puedo morir ahora.

- Ya tu hermano pagó, es tu turno ahora – siento el odio y la rabia en su voz.

Disparará. Lo sé.

-¡No! ¡Espera, Ruben! - escucho un grito no muy lejos.

Reconozco esa voz. Es Pepe que corre hacia nosotros, pero no sé por qué razón, todo sigue moviéndose despacio a mi alrededor.

- ¡No! ¡Inés! ¡Inés!

Puedo escucharlo gritar mi nombre.

No llegará a tiempo. Está muy lejos. Rubén disparará antes de poder entender su mensaje.

- ¡Rubén! ¡¡No!!

Y entonces... el estrepitoso ruido de un disparo quemándome un segundo y luego... silencio.

La nada.

Oscuro.

Mi hermano, el presidente

Epílogo

-¡Inés! ¡Inés!

Despierto asustada.

- ¿Qué...?

Y me encuentro de vuelta en mi cama, a los 16 años.

Toca mi frente.

- La fiebre ha cedido- anuncia.

- ¿F-fiebre?- repito aturdida.

- ¡La viruela, Inés! Llevas cinco días con fiebre. ¡Anoche incluso delirabas!

Lentamente, su joven rostro empieza a materializarse frente a mí.

- ¿Her…mano? ¿Eres tú?

- ¿Quién más podría ser?- expresa divertido-. No vive otro hombre en esta casa.

- Pe… pero… ¿Qué te ha pasado? ¿C- cuantos años tienes?

- Sigo siendo 4 años mayor- vuelve a tocarme la frente-. Qué raro, deliras pero… no pareces tener fiebre.

- ¿Era un sueño? ¿Estaba soñando? – pregunto agobiada.

- Iré por mamá- luce preocupado.

Se va, pero no quiero separarme de su lado. Lo detengo apretando débilmente su mano.

- Hermano…- lo llamo nuevamente en un gemido y de nuevo se apodera de mí el llanto.

- Ya- se sienta junto a mi de nuevo y me acaricia la espalda-. Ya. Todo está bien. Trata de levantarte, Inés. La cama no te hace bien.

www.ingramcontent.com/pod-product-compliance
Lightning Source LLC
Chambersburg PA
CBHW070517160726
48003CB00004B/1600